友馬の表情に欲を認めたのだろう。神月はためらいもなく、あっさりと覆いかぶさってきた。唇に唇を重ねられてぞくぞくする。

共鳴《きょうめい》

真式《ましき》マキ

ILLUSTRATION：小山田《おやまだ》あみ

共鳴

LYNX ROMANCE

CONTENTS

共鳴

苦しいんだね、男はそう言った。

美しい男だった。きらめくプラチナブロンドに緑色の瞳、白い肌、どこからどう見ても外国人だろう。だが、彼の使った日本語はいたって自然で、血筋はどうあれこの国で育った人間なのかもしれないなと単純に思った。

春の花々が咲き乱れる四月のはじめだ。

はじめての個展二日目、たまたま在廊した夕刻に男は展示室を訪れた。

そもそもが人気のある画廊ではないし、そんな場所に毎日ひとが押し寄せるほどに名が売れているわけでもない。だからそのとき、こぢんまりとした展示室にいるのはふたりきりだった。

客の相手には慣れておらず、また男に日本語が通じるとも思えなかったので、ただ黙って立っていた。

内心ひやひやした。話しかけられたらどうしよう。英語ならともかく他の言語を使われたら相手ができない。

しかし男は、こちらの不安などには気づきもしないような涼しい顔で絵を見ていた。

つい横目でそっと観察してしまう。長身だ。自分も相当背はあるほうだが、少しばかり彼のほうが高いかもしれない。しなやかな身体《からだ》つきには、いかにも高級そうなスーツがよく映える。

三十代半ばといったところだろう。だとしたら、華やかさとともに、年齢に不相応なくらいの風格がある。いま二十五歳である自分が十年後にこうなれるとは到底思えない。

男が声を発するまでに使った時間はせいぜいが五分か十分ほどだ。

絵を見つめたまま彼はふと、独り言のように「苦しいんだね」と呟《つぶや》き、なめらかな動きでこちらを振り向いた。

「君がこの絵を描いた画家なのかな？」

やはりネイティブの発音だ。

真正面から見た男の顔は作り物のように綺麗《きれい》で、思わず見蕩《みと》れてしまう。それから慌てて彼の問いに頷《うなず》き「はい」と答えた。

動揺したものだから声が掠《かす》れた。だが、みっともないだとか格好悪いだとか思う余裕はなかった。それほどに場の空気は、いつのまにかあっさり男に制されている。

男はこちらの返答に納得したような顔をして、ひとつ頷き、にこりと笑った。そんな小さな仕草、表情まで美しく、かつ優しくやわらかい。

「最初はもっと線の細い、いまにも折れそうな人物が描いているのかと思った。だが、よく見ればそんなことはないね。絵の印象通りに真っ直《ます》ぐな目をした、いい男だ。髪も瞳も濁りのない黒、まるで君自身がひとつの作品であるかのようにイメージのままだね」

紳士的な印象は崩れないが、案外遠慮のないことまで平気でよく喋《しゃべ》る。

正直戸惑った。いままで絵の前に立てば意外だという目で見られるのが常だった。おそらくは男の言うように、か弱い、露と消えてしまいそうな画家が描く絵だと思われるのだろう。残念ながら自分の外見はそう儚《はかな》いものではない。どこにでもいる普通の男だと思う。

だが彼は、そんなことはない、イメージのままだと続けた。この男は絵を、それから自分の姿を見てなにを感じたのか。

男はこちらから視線を外し、再度絵と向きあった。展示に選んだ作品は油彩の抽象画が多い。それが一番自分の内面を示すのに相応《ふさわ》しいと思ったのだが、こうなってしまうと少々気まずい。

「なにかに苦しみもがいている絵だ。いまにも淀《よど》んだ諦念にのみ込まれてしまいそうで、息もできない」

さらりと言ったこの男には、絵から画家の心情を読み取る力でもあるのだろうか。

「おれは」

「それでも、純粋な意思が懸命にこれではないと叫んでいる。こころを掻《か》き乱されるよ。そこが、魅力的だ。逃げ出したいのに逃げ出せない、そんな悲鳴が聞こえるようだね」

遮ろうとしたこちらの声を無視し、ためらいもなく紡がれた言葉に、ぞくりとした。この男の目にはなにが見えているのか、なぜ見えるのか。

何者だ。

不意に、乾いたてのひらの感触が身体の隅々にまで蘇《よみがえ》り鳥肌が立った。皮膚を撫《な》でる生ぬるい体温を思い出す。

熱もない、甘くもない口調で何度もくり返し、こう吹き込まれた。

――おまえにはどこにも行き場などない、ここにいるしかない。

足もとから這《は》いあがる寒気が顔に出ないようにと努めはしたが、無駄だったろう。男は再度振り返り、しばらくこちらの表情を見つめてから、しかしここでは追い詰める言葉は使わずただ微笑《ほほえ》んだ。

その表情に、ほっとした。こうもおぞましい記憶にまで白い手を突っ込まれ掻き回されてしまえば、どうにかなってしまう。

それから同時に、僅《わず》かなもどかしさも感じた。あるいは自分は、その長い指でもつれた糸を解いてほしいとこの瞬間に願ったのかもしれない。

緑色の瞳から隠れたい、そして、見抜いてほしい。がんじがらめの現実を、壊してほしい。

「失礼。私は画商です」

男は笑みを消さぬまま、実にスマートな所作で一枚の名刺を差し出してきた。感情の乱れをなんとかこころの底に押し込み、そろそろと受け取る。

名刺には、神月葵《こうづきあおい》、と記されていた。どこかで聞いたことがあるような、ないような名だ。つきあいがある相手以外、画商には詳しくない。というよりははっきり疎い。意図的に情報を遮断されているのだからしかたがないだろう。

日本名だから国籍も日本にあるのか。品のある綺麗な名前は、目の前の男によく似合うような気がした。

「すみません。おれはまだ名刺を作ってないので、お渡しするものがないです」

せめてそれくらいは用意すべきだった、失敗したと思いながら言うと、男はくすくすと笑った。

「ああ、大丈夫。名前くらいは知っているよ、伊万里友馬《いまりゆうま》くん。堺《さかい》先生の愛弟子《まなでし》が個展を開くというので、気になって来たんだ。ちょっとした興味だったが来てみてよかった」

「……ありがとうございます。小さな展示ですけど」

「私は君の絵が好きになったよ。惹《ひ》きつけられる。苦悩の先で、きっといつか新しい絵が描けるだろう。それを見てみたい気がするね」

直接心臓を摑《つか》まれでもしたように息苦しくなった。この男にはやはり見えている。汚らしい、陰鬱《いんうつ》なこころの色がその目に映っている。

なのに、好きになったよだなんて平然と言う。どうしてだ。

男はそれからは黙って、一通り絵を眺めた。狭い展示室には二十点に満たない作品しかなかったが、彼はひとつひとつ丁寧に、じっくりと時間をかけて見てくれた。少し長い髪を搔きあげる仕草は癖なのだろうか。

駆け出しであれ一応は画家だ、自分の絵を観賞してもらえるのは嬉《うれ》しい。嬉しいのだが、まるでその視線に肉体から精神から裸にされているようで落ち着かない。惨めな姿を見てほしいのか、見てほしくないのか。

男は最後の一枚まで慎重な眼差《まなざ》しで絵を見つめてから、「それでは、いつかまたどこかで」とだけ言い残しあっさり展示室を去っていった。細い階段に消えていくしなやかな背を、つい目で追ってしまう。

細い蜘蛛《くも》の糸を目の前に垂らされたような感覚だった。いつかまたどこかで、彼は自分と巡《めぐ》りあうつもりがあるのだろうか。

『まこと』に出会ったのはそれから数週間後、四月も終わりのことだった。

夜だった。

村の集落から外れた、アスファルト舗装もされていない一本道を友馬はひとり早足で歩いていた。道幅は狭く、砂利の隙間からところどころ雑草が飛び出している。はじめは田畑も広がっていたが、しばらくするとそれもなくなり、周囲はただの野原になってしまった。

五月になったばかりの緑が香る夜風は爽やかで、都内では見たこともないような星空も美しい。よい環境だと思う。とはいえ少々疲れてきた。最低限の衣類だけ詰め込んだ鞄《かばん》を右手で持ち直し、確認した腕時計は二十一時を示している。

アポイントメントもなしにひとさまの家を訪ねるには非常識な時間になってきた。住所を調べたときにはこんなにも遠いと思わなかったのだ。

計算違いを悔やむしかないが、そもそも計画的な行動ではなかったし、村に戻ったところで宿もなければ金もない。このまま行くしかないだろうと友馬は自分に言い聞かせる。

目指す神月の邸宅が見えてきたのは、田舎《いなか》駅に降り立ってから二時間ほど経《た》ったころだ。低い、開けた丘の上に、想像していた以上に立派な洋館が建っていた。仄《ほの》かな月明かりを頼りに外から眺めるだけでも、相当広そうだということはうかがえる。

洋館に寄り添うように太い木が何本か植えられていたが、どうにも庭木という雰囲気ではない。門もない。このあたりの土地はすべて神月のものなのだろうし、周囲にはなにもないこんな場所だ。庭というのなら見渡す限りが庭、敷地を隔てる門など必要ないということか。

そんなに長いスケールは手にしたことがないので、感覚がよくわからなかった。師の堺も金持ちの部類ではあるにせよ、さすがにここまでではないし、そもそも人種が違うと思う。

神月葵は地方旧家の長男なのだと聞いた。それであのルックスというのは不自然にも感じられるが、どの家にも事情はあるのだから他人が勘ぐることではないだろう。

邸宅の前には一台の高級車が停《と》められていた。それを横目にドアの前まで歩み寄り、片手を上げたところで動きが止まる。

小さな画廊で一度会ったことがあるだけだ。自分にとってはそれが大きな意味を持つものであれ、神月にとってはちっぽけな出来事なのかもしれない。というよりは、間違いなくそうだ。彼はもう駆け出しの画家のことなど忘れているだろうか、そう思うとどうにも怯《ひる》んでしまう。

友馬はドアの前でしばらく逡巡《しゅんじゅん》した。

それから、こんなところでいまさら悩んでもしかたがない、余計に時間が遅くなるだけだと覚悟を決めて呼び鈴を鳴らした。

まずなにを言えばいいだろう、笑えばいいのか泣けばいいのか、そわそわと考えながら待つが反応はない。数分間は突っ立ったまま無慈悲なドアを見つめ、それから再度呼び鈴を鳴らす。そしてまた数分間の沈黙に耐える。

カーテン越しに、邸宅には明かりがついていた。車もあった。神月本人は不在でも、誰もいないということはない。

ようやくドアが開いたのは、友馬が半ば意地になって四度か五度、呼び鈴を鳴らしたときだった。どこかに監視カメラでもあって来客を選別しているのかもしれない。ならば無視をされても当然かと諦めかけていたので、逆にびっくりした。ドアの向こうに立っていたのは神月本人だった。まずきらびやかなプラチナブロンドが目に入り、それから印象的な緑色の瞳に意識を奪われる。

今夜の神月はスーツ姿ではなく、ラフな服を身につけていた。友馬を認め、少し驚いたような表情をする。

「ああ君、伊万里くんか。これは想定外だ。突然の来者はいつも放っておくんだが、あまりに何度も呼ばれるものだから急用かと思って出てみたら、意外なお客様だね」

名を呼ばれたので、一応は覚えていてくれたのかとほっとした。とはいえ、無駄に跳ね上がった脈拍はなかなか落ち着かない。

「すみません、うるさくしました。伊万里友馬です」

慌てて言葉を返し頭を下げるが、やはりそのあいだもばくばくと胸は高鳴ったままだった。自覚している以上に緊張していたのだろう。あるいは、ようやく彼と再会できた、目の前に立てたという興奮のせいかもしれないと思う。

くすり、という小さな笑い声に顔を上げ、改めて目にした神月の姿につい見入ってしまった。

それほどに彼は美しかった。あの日の記憶も霞《かす》むくらいに、まばゆい。

繊細な色の髪は触れたらさらさらと指から零《こぼ》れるのか、それともふわふわとやわらかいのか。ガラス細工のような色の瞳には、この世界はどんなふうに映るのだろう。

そしてその素晴らしい笑顔は、なぜいま惜しげもなく自分に与えられている？

「こんばんは。四月の個展以来だね。まさか君のほうから会いにきてくれるとは思わなかった、しかもこんなところまで。どうしたのかな？」

さっさと消えろと一喝されなかったことにまたほっとした。どうやら彼は不躾《ぶしつけ》な訪問を怒ってはいないらしい。華やかな笑みに覚えた動揺と不可思議なときめきを隠すためにひとつ深呼吸をし、口を開いた。

「お願いがあるんです」

急《せ》いた調子になったのはしかたがないと思う。

話したいことがたくさんあるのだ。しかし喋るのはあまり得意ではない、というよりは下手だ。どうすれば巧《うま》く伝わるのか、なにを言えばこの男に届くのか。道々考えた言葉が頭の中にあふれ返って空回りする。

神月は僅かに首を傾《かし》げて「お願い？」と友馬に聞き返した。二度か三度か不器用に頷き、無意識に一歩距離を詰めて言いつのる。

「あれからどうしても神月さんのことが、神月さんに言われたことが気になって、名刺に書いてあったあなたの画廊に行きました。そうしたらちょうど、都地《つじ》先生の展示会が開かれていました。四月の終わりです」

「ああ。そうだね、四月の最終週は都地誠一郎《せいいちろう》の個展だった」

「素晴らしかったです。どれも素晴らしかった。そして中でも一枚の絵に、おれはとても感動しました。『まこと』です」

あの衝撃を表現するには陳腐だとは思ったが、他によいセリフも出てこなかった。そもそもが言葉で説明するのが不得手であるし、説明しきれるものでもないだろう。

それほどに友馬は『まこと』に感銘を受けた。

しばらくは絵の前から動くこともできなかった。どころか瞬《まばた》きさえもできなかった。十五歳で堺に拾われてから十年。どんなに高名な画家の作品を見ても、必死に絵筆を握ってもわからなかった、真実求める絵が目の前にあった。

それは、指先まで痺《しび》れるような、よろこびだった。ようやく見つけた、ようやく出会った。スタッフにやんわり追い払われなければ永遠にあの場に立っていただろう。

神月は友馬の言葉に、まず笑顔を消した。じっと友馬を見つめしばらく押し黙り、それからふと、先ほどまでとは種類の違う淡い笑みを浮かべた。

思わずどきりとしてしまう。どこかに切なさをまとう微笑は、優美な紳士が不意に垣間見《かいまみ》せた素顔であるように感じられた。

「なるほど。君は『まこと』を見たんだね」

だが、神月はその複雑な表情をすぐに隠してしまった。改めてにこりと笑いかけられる。確かに見たと思った切なさは、あるいは自分の錯覚だったのかもしれないと考えざるをえないような、華やかな笑みだ。

また何度か頷いてから、どうしても焦ってしまう口を開いた。

「都地先生に、会わせてくれませんか。ここで暮らしていると聞きました。絵を教わりたいんです、弟子になりたい」

言ってから、さすがに突拍子もない発言だろうとは思った。順を追って丁寧に言葉を重ねて、そう考えていたのにと自分に呆《あき》れても、もう声に出してしまったものはのみ込めない。

衝動に追い立てられてここまで来た。情熱のままに行動した。あとがないのだ。

神月はそこで少し困ったような顔をした。

「申し訳ないが、それは無理だ」

きっぱりとした口調で告げられて僅かに冷静さが戻る。こんなに非常識な要求を突きつけられれば誰でもそう反応するだろう。断られて当然だと思う。

しかし、もう戻れない。

「君のお願いならば、かなえてあげたいよ。だが、どうしてもそれだけは駄目だ。都地は病気で療養中なんだよ、自分の絵の制作だけで手一杯で弟子を取る余裕はない」

都地誠一郎が療養中であることまでは聞き知っている。

神月の言葉にふとした違和感を覚え、それから納得した。

なるほどこの男は堺には先生と敬称をつけたが、都地のことは呼び捨てなのか。彼が都地のパトロンであるというのはほんとうらしい、そして立場が強いらしい。

またはそうではなく、神月と都地との距離が極めて近いということだろうか。

「ねえ、伊万里くん。こんな辺鄙《へんぴ》な場所ではなく、今度都内で会おう。君の都合に合わせるよ。だから今日のところは帰りなさい」

追い返そうとするセリフを聞かされ、つい臆してしまう。それをなんとか鼓舞して言葉を返した。

「もう帰る電車なんてありません。弟子が無理だというなら、一目会えるだけでもいいんです、会わせてください。話がしたいんです。そうしたらそのへんで勝手に野宿しますから」

「あのね。私は君を野宿させたいわけではないよ？　ただ、都地には会わせられないと言っているんだ。聞き入れなさい」

「会わせてくれるまで、ここに立ってます」

神月は今度こそ心底困った顔をして「君はなかなか根性があるね」と零した。自分が無茶苦茶なことを言っている自覚はあるが、いまさら引けないとぶら下げた鞄の持ち手を強く握りしめる。

家族が事故死して以来天涯孤独だ。だから、あの環境から逃げられるはずもないと思っていた。堺の言うようにどこにも行き場などないのだ、このまま生きるしかないのだと諦めていた。

諦めていた、一方で、自分はなにかを必死に求めていたのだろう。

そのなにかに、神月の画廊で出会ってしまった。『まこと』だ。

意を決したことが正解であるのかどうかはわからない。ただの愚行なのかもしれない。それでも、君の絵を好きになったよと言ってくれた男ならばわかってくれるのではないか。そんな仄かな期待を抱いた。

この鬱屈から目をそらさず見つめてくれた神月ならば、受け入れてくれるのではないか。はじめて会ったあの日に彼が一本の糸を残していったのは確かだと思う。いつかまたどこかでと彼は言ったのだ。それが、自分にとっては今夜彼の邸宅である必要があった。

もう一度見てほしい。燃え立つこころの底まで見抜いてほしい。この男が自分を『まこと』に導いたのだ。

なによりようやく自分が欲していたものが見つかった。『まこと』を前にして、この手でどんな思いを描きたいのか、どうして描きたいのかを知った。

『まこと』を描いた人間に会うためならば、そして描くためならばなんでもできる。というよりいまとなっては、もうそれ以外には目標も夢も見出《みいだ》せない。

友馬の表情を見て神月は、ふ、と短く吐息を洩《も》らした。聞き入れなさいといくらくり返しても無駄だと思ったのだろう。

「困ったな。負けました、と言ってあげたいが、もう使用人も帰ってしまったし君をもてなすことができないよ。そうだな、本宅に連絡を入れるからそちらで食事でも用意させよう。ここよりはましな扱いを受けられる。いま迎えを呼ぶから」

「扱いなんてどうでもいいです。腹も減ってません。おれが会いにきたのは、都地先生と、あなたです」

神月の言葉を遮り、はっきりと言った。彼は口を閉じて、友馬をじっと見つめた。

強い眼差しにたじろぎそうになるのを、なんとか抑えた。綺麗な緑色の瞳へ真っ直ぐに視線を返す。それが絵の印象通りだと言ったのは他の誰でもない、神月だった。この意思が、情熱が、目で伝わればいいと願う。

しばらくのあいだふたり、ただ無言で見つめあっていた。神月が自分の眼差しになにを見つけたのかはわからない。

それから彼は少し長い髪を片手で掻きあげ、苦笑した。その仕草はやはり癖らしい。

「ずいぶんと必死だね？　一生懸命な君は実に魅力的だが、思っていたより強引なんだな。私がなにを言ってもそこから動いてはくれなさそうだ。ほんとうに困った」

彼は表情で言葉の通り困ったと示していた。しかしその目はどこか楽しんでいるようにも見えた。そして、きっと呆れている。

それにふと力が抜けた。と同時に、いまさらではあるが、ようやく恥ずかしさと情けなさ、申し訳なさがこみあげてくる。

非常識だ不躾だ、無茶苦茶だ、そんなことはわかっているはずだった。だが、少しばかり頭が冷えてみれば、自分の言動はもう非常識なんてものを通り越して、ありえないものなのだ。それを彼の表情にまざまざと思い知らされる。

血筋もよい。掻き集めた噂《うわさ》によれば腕もよい。商売も巧いし評判もよい画商だ。そんな男を前に、駆け出しの画家があまりにも生意気な口をきいた。時代が時代なら打ち首、現代だって業界追放ものだ。

友馬の心情を察したらしい。神月は面白がっているように、くすくすと小さく声に出して笑った。

「いいよ、負けました。都地に会わせてあげることはできないが、しかたがない、とにかく中に入りなさい。話くらいは聞こう」

「……すみま、せん」

「いまさら殊勝に謝っても遅いと思うよ？　さあどうぞ」

確かにその通り、遅いだろう。

神月は塞ぐように立っていたドアの前から一歩引き、友馬を邸宅の中へと促した。散々図々《ずうずう》しい要求を突きつけておきながら、ここにきて戸惑い足を踏み出せずにいる友馬の肩に軽く手を置く。

「怖じ気《おけ》づいたのかな？　伊万里くん。なにも取って食らいやしない。それとも、そんなに半端な覚悟なら、帰るかい？」

「お邪魔します」

震えそうになる足でぎくしゃくと玄関に踏み込んだ。

神月が触れた肩が、なんだか熱かった。魅力的だと先ほど言われたが、そういえば画廊でもそんな言葉を使われたと思い出し急に顔が火照ってくる。

神月のすぐそばに立ち、そこでふわりと、微《かす》かな香水のにおいを感じた。エレガントで華やか、そして少し甘く官能的だ。画廊では気がつかなかったので、仕事用のスーツを脱ぎオフでくつろぐ時間にのみ使うものなのだろう。

神月によく似合う香りだと思った。

外観から想像した通り、馬鹿みたいに広い邸宅だった。時代を経た木造の洋館は迷路のようで、神月が先に立っていなければ迷子になっていただろう。

誰もいない応接間に通された。きちんと清掃された部屋にはアンティークの家具が並べられている。いかにもたっぷり金がかけられた一室だったが、いやらしさはない。あくまでもセンスよく上品に整えられているのは、持ち主が審美眼に長《た》けた人物であるからか。

絵画のたぐいは一枚も飾られていなかった。それにちょっとした違和感を覚える。画商の邸宅の応接間にいっさい絵がないというのは不自然な気がした。

神月はプライベートに商売道具を持ち込みたくないのだろうか。しかしこの洋館には都地誠一郎という画家が暮らしているのだ。一点くらいは壁にかけておきたくなるのが普通だと思う。

飾りたくない、ではなく、あるいは飾ることができないほどに、都地の作品は彼にとってなにか重い意味があるのかもしれない。

もしかしたらさっそく都地の絵が見られるのではと思っていた友馬は、少々拍子抜けした。

それにしても、ここはほんとうに日本の、しかもまわりには野原しかないような田舎なのだろうか。友馬が十五歳までを家族とすごしたのは古ぼけた賃貸マンションだったし、いま寝起きをする堺の家は現代風の一軒家だ。こんな、まるで外国の映画に出てくるような洋館に足を踏み入れたことは一度もない。なんだか現実から離れ夢の中にいるみたいな感じがしてくる。

物珍しさにきょろきょろしていると、神月に指先でソファへ座れと促された。落ち着かない友馬の様子がおかしかったのか、彼は目を細めて楽しそうに笑っていた。

「先ほども言ったが、使用人は帰ってしまった。コーヒーくらいしか出せないな、ごめんね。いれたばかりだからそれほど味は落ちていないと思うが」

「すみません……ありがとうございます」

ポットから注いだコーヒーをテーブルに置かれ、慌てて頭を下げた。これでは邪魔にされているのだか歓迎されているのだかわからない。

そろそろと口をつけたコーヒーは、旨《うま》かった。いままで飲んだことがない不思議な味がする。これはどこのなんという豆を使っているのか、はたしてどれほど高価なのか。つい下世話なことを考えながらカップを傾ける。

神月は自身の分もコーヒーを注ぎ、カップを手に向かいのソファへ腰かけた。品よく贅沢《ぜいたく》な応接間でくつろぐプラチナブロンドの男は、実に絵になった。部屋に彼がいるのではなく、彼のために部屋があるようだ。

優美さと風格をまとうこの男がいまコーヒーを飲んでいる場所は、やはりどう見ても日本の田舎ではない。ここは異世界だ、またそんなことを考えた。

神月がカップをテーブルに置くのを待ち、友馬は口を開いた。

「都地先生が療養中だというのは、聞きました。でも、展示会には新しい作品もあったし、制作は続けてるんですよね。少し話をするのも、いえ、顔を見るだけでもいい。それも無理なんですか。おれは都地先生の顔も知りません」

神月は僅かに首を傾げ、それから髪を搔きあげて友馬を見た。彼にとってはもう飽き飽きしているだろう話題を、特に不快がっている様子はない。

それでも、返ってきた答えはどこか中途半端なものだった。

「ああ。都地はひとづきあいが苦手なんだよ。ひとまえには出たがらないから、よほど親しいものでないと顔も知らないだろうね。写真を撮られるのもいやがるし、だから君だけではないよ」

「決して迷惑はかけません。ひとと接するのが嫌いなら、都地先生が絵を描く姿を遠くで見ているだけでもいいです。なにか、わかるかもしれない」

はぐらかされたのでたたみかけた。友馬の強い口調に神月は二、三度目を瞬かせ、それからくすりと笑った。

「決して迷惑はかけません、か。君の様子を見ていて信じられると思うかい？　病人に無理やり会いたがるなんて情熱的なんだね。情熱のあまり節度を忘れるのかな？」

言いつのろうと開きかけた唇からは言葉が出ず、しかたなく口をつぐんだ。迷惑ならばもうたんまりとかけているし、節度だってとうに忘れている。神月の言う通りだと思った。

しばらく沈黙が落ちた。

柱時計の振子が揺れる、かちかちという規則的な音だけが聞こえてくる。それは快いテンポだったし、ソファはやわらかくコーヒーも旨い。この応接間はおそらく非常に心地よい空間なのだろう。

だが、そんな部屋にいるにもかかわらず、友馬はどうにもそわそわと揺れる気持ちを抑えることができなかった。もどかしい。もし自分が話し上手だったら巧く伝えられるのだろうか、伝えられれば神月は頷いてくれるのだろうか。考えてもしかたがないことを考えては溜息《ためいき》をのみ込む。

黙ってコーヒーを啜《すす》りながら悩み、少しばかり話題を変えてみることにした。

「都地先生は神月さんと、専属契約をしていると聞きました。そういう画家は多いですか」

どうやら馬鹿のひとつ覚えみたいに押してばかりいても無駄らしい。ならばまずは対話だ。その中で、神月と都地のいまある状況や関係を正しく理解しておくべきだろうと思った。

探りを入れるようなやりかたはもちろん不得手だが、そうでもしなければ風穴も見つからない。

「そう。都地は私の専属画家だよ。ギャラリーを持っている画商は、画家とそういう形の契約をすることも多いだろうね」

神月は友馬の意図を察したのか、どこか面白そうに答えた。さてでは君のお手並みを拝見しようかとでも言われているような気がした。

「他の画商はどう思っているのか知らないが、私は、画家を専属にするということはその生活に責任を持つという意味だと考えている。他の画商に浮気をするなと言っているわけだから。そういう馴《な》れあいを嫌ってあえて専属にならない画家もいるがね。堺先生もそうだ、彼は複数の画商と取り引きがあるだろう？」

確かに堺の元には何人かの画商が訪れていた。あの男は顔も広く物事の仕切りも巧く、なによりプライドが高い。だから誰かひとりに、いわば、つながれるのがいやなのかもしれない。そんなことを考えた。

その男に、自分は十年ものあいだ、つながれていた。

ふと蘇る堺の顔を意識から追い払い、質問を続けた。

「……つまり、神月さんは都地先生の生活に責任を持つという意味ですか」

「そうだ。都地はもともと他人と関わるのが苦手だし、取り引き相手は私ひとりくらいでいいんだよ。そのかわりに、なにがあっても私は都地を捨てない、すべて面倒を見る。芸術家にはそういうパトロンが必要だと思わないか？」

パトロン。その言葉を神月がためらわずに使ったことが少し意外だった。

彼はもちろん、後援者、支援者という意味でそう言ったのだろうが、現代においては別のニュアンスもある単語だと思う。たとえば、愛人だとか。

「都地はいま五十五歳だ。私が彼と出会ったのは十数年前、大学を卒業したばかりのころで、当時の彼は四十二だか三だかだったかな？」

気配に敏感そうな男だ、友馬の僅かな戸惑いは伝わっていただろう。しかし、神月は特に気にもしない様子で続けた。

「都地は、ただの若造だった私に優しかったよ。きちんと話を聞いてくれたし、私の野心を理解し共感してくれた。そして、その才能を私に託してくれた。都地がいなければいまの私はいなかっただろうね。そしてまた、私がいなければいまの都地は、いない」

「あなたはなぜ、画商に？」

「だから。都地に出会ったからだよ。私は彼の絵に惚《ほ》れ込み、それをもっと世に広めたいと強く願った。都地はあのころから不器用だったからね、最大限には才能を活《い》かしきれていなかった。私はどうしてもそれを花開かせたかった。ならば画商という仕事を選ぶのはしごくもっともではないかな？」

なるほど、そう簡単に相槌《あいづち》を打ってはいけない気がした。

常から華やかな男だが、都地の話をするときの神月はますますきらめいているように見えた。眩《まぶ》しい。この男は事実都地に惚れ込んでいるのだと納得せざるをえなかった。

画商と画家の関係とは普通こうも強いのだろうか。堺の元にいたときには、もっとビジネスライクなものだと思っていた。少なくとも堺はそのようなやりかたで商売をしていた。

　ちくりとなにかが胸に引っかかった。違和感なのか疑念なのか、あるいは嫉妬のようなものなのかはわからない。

　数秒黙って考え、いまさら遠慮をするのもおかしいだろうとストレートに訊《たず》ねた。

「神月さんは、旧家の長男だと聞きました。順当に行けば一家の当主でしょう？　ひとりの画家に惚れたからって、わざわざ苦労して画商になったんですか。この家だって本宅から離れた別宅みたいだし、ちょっと、その、変わり者です」

　神月は友馬の言葉に、ははは、と声を上げて笑った。

「ああそうだった。君は元来が大胆な人物なんだ。ひとと適切な距離を保って接するのが苦手なのかな？　都地とは別種だが、ひとづきあいが下手という点においては同種だね」

「いえ、すみません……言いすぎました。ごめんなさい」

　さすがに不躾にも程度があったかと慌てて謝る。しかし神月は気分を害しているようでもなかった。言葉を続ける彼の声は軽やかで、たった二度会ったばかりの男に対しておかしいかもしれないが、いかにも神月らしいなと思った。

「本宅も、あと取りも、弟に譲ったんだよ。私はこの見た目だから、どうしても田舎になじまない。祖母がスウェーデン人でね、ずいぶんと色濃くその血が出たようだ」

　再度、すみませんと口に出すのは間違いである気がして黙った。外から見れば残酷にも思えるような現実は、神月にとってはとうに吹っきった過去なのだろう。

「不満はない。自由でいいよ。望み通りに生きることができる。いまの私は、気ままに歩き回り絵を見て画家を見つけて、そういう仕事が好きだ。うんざりするほど広い土地を管理するより性に合う。この家も気に入っているよ。そもそも本宅は画家が絵を描くにはうるさい。こういう静かなところのほうが落ち着くだろう？」

また少し悩んでから頷いた。この男は心底都地が、そして都地に限らず絵を見て歩く生活が好きなのだろう。そうして意にかなう画家を探すのは、彼にとっては商売というよりもひとつの楽しみなのかもしれない。でなければ、駆け出しの画家の個展をふらりと訪れたりはしないと思う。

そこまで考えてから、そうだ、大切なことを忘れていたと用意していたセリフをようやく言った。

「先日は、おれみたいな無名の画家の展示会に、足を運んでくれてありがとうございました。それから名刺を、ありがとうございました」

神月は友馬の言葉に微笑みで返した。それはうっとりしてしまうほど美しい表情で、もう何度目になるのか見蕩れた。

得体の知れない画商の正体が少しずつ見えてきているような気がした。一目で相手を見抜き、気さくに話し、なによりこんなふうに笑える男だ。少なくとも悪意や害意に充《み》ちた人間ではないのだろう。

自分を都地から遠ざけようとするのも意地が悪いからではない。神月はただ都地を、都地の生活を守ろうとしているだけなのだ。

「先ほど、君は私のことがどうしても気になってと言ったよね？」

そこで不意に時間を巻き戻されて、思わずかっと顔が熱くなった。

確かに言った。必死に、言葉を選ぶこともできずにこころのままを声に出した。客観的に思い返してみれば、ずいぶんと芸のない口説き文句だったと思う。

いまさらながらにこみあげてくる羞恥に顔を歪《ゆが》める友馬を見つめて、神月はくすりと笑った。

「私もだ。私も、君のことがどうしても気になって、実はあのあと君と話をさせてくれと何度か堺先生に頼んだ。だが、残念ながらにべもなく断られた。堺先生とは商売上のつきあいがないからしかたがないといえばしかたがないが、それにしてもガードがかたいんだね。よく今夜ここまで来られたよね？」

堺先生、その言葉に、ぞくりとした。

いつものように、ふとした瞬間を狙いすまして蘇ってくるおぞましい記憶が、また身体の表面を這い鳥肌が立つ。てのひらの感触、侵食の温度、そして何度もくり返される暗示。

来られたわけではない。逃げたのだ。無理やり飛び出してきたのだ。

あのとき神月が、君の絵が好きになったよと、いつかまたどこかでと言ってくれたから。きっかけの名刺をくれたから。

そうだ、あの名刺がきっかけだったのだ。『まこと』に出会うきっかけだ。そして、あの環境から逃げ出すための、トリガーだったのだ。

あなたなら受け入れてくれるかもしれないと思った、あなたならわかってくれるかもしれないと思ったんだ。そう素直に言えばよかったのかもしれない。しかし先ほどまでの、いってしまえば自分の暴挙が思い返されて巧く言葉にならなかった。

これ以上身勝手な主張を重ねれば嫌われやしないか。

こんなときに使う洒落《しゃれ》たセリフなどは知らないし、知っていれば最初からそう言っている。

「……あそこにいても駄目だと思ったので、出てきました。堺先生の許可はもらってません。おれのわがままです。あなたが……おれの、個展に来て、絵を見てくれて、それから、大事な名刺を」

もっと慎重に、もっと神月のこころに届くように、響くように、懸命に考えながらたどたどしく口に出す。苦しいんだね、いまにも淀んだ諦念にのみ込まれてしまいそうで息もできない。あのとき神月が言った通り、自分は苦しくて苦しくて息もできなかったのだと思う。

玄関のほうからドアの開く音が聞こえてきたのは、そのときだった。

はっと目をやった応接間の入り口に姿を現したのは、ひとりの男だった。仕立てのよいスーツを着ている。

年齢は神月と同じくらいだろうか、誠実で真面目《まじめ》そうな印象を受けた。それから、やわらかな髪色のせいもあるのか穏やかで優しそうでもあった。

その男に、友馬の視線は釘《くぎ》づけになった。

どくどくと血液が沸く。目の前の光景が、絵の具でもぶちまけたみたいにぱっと色鮮やかになる。

あの絵に、『まこと』に描かれた男に、似ている、ような気がする。

『まこと』は、抽象画の手法を取り入れた人物画だった。

「おかえり、誠也《せいや》くん。お疲れさま」

神月は聡《さと》い目がよい。だから友馬のその高ぶりに気づいていないはずもなかったが、彼はまったく自然に男へ声をかけた。それから友馬に視線を戻し、男をてのひらで示して言った。

「伊万里くん、一応紹介しようか。彼は都地誠也。誠の漢字を継いだ、都地誠一郎のひとり息子だ」

「都地先生の……」

「都地が発病したときに勤めていた会社を辞め、医学部に行って医者になった。以来ここで都地を診ている。まあ、主治医だね」

一拍の間を置いてから、ぎこちなく頷いて返した。声は出なかった。あるいは『まこと』は都地が息子を思って描いた絵なのだろうか、そんな考えが湧《わ》きあがってくる。

『まこと』というタイトルはてっきり、都地が誠一郎という自分の名から一文字取ったものなのだと思っていた。だが、そうではないのかもしれない。誠也、その名前から選んだ大切な字なのかもしれない。

自分が『まこと』にこころを撃ち抜かれたのは、そこに真実の愛が宿っていたからだ。嘘《うそ》偽りのない愛だ。いまとなっては自分の中にはかけらも見つけられない、切実な、愛だ。

都地は息子に対する愛情を絵に写し取ったのかもしれない。

友馬の動揺に構う様子もなく、神月は誠也ににこりと笑いかけて言った。

「学会はどうだった？　都内は久しぶりだろう、もっとのんびりしてくればよかったのに。こんな田舎にはないような遊び場がたくさんある」

「父が心配でしたので。お客様ですか？」

「ああ。彼は画家なんだよ。伊万里友馬くん、いい絵を描くよ」

神月の言葉を受け誠也の眼差しが自分に向いたので、ついどきりとした。まるで『まこと』に見つめられているようで落ち着かない。

「伊万里くんはね、都地に会いたいとこんな辺鄙な場所まで押しかけてきたんだよ。追い返そうとしたが根負けし、対処に困ってなぜかいま一緒にコーヒーを飲んでいる」

「そうですか……。父に、会いに」

「心配しなくていいよ、誠也くん。彼を都地に会わせることはない。私がそう決めたのだから、君が不安に思うことはない」

口調から察する限り、誠也に対しても神月は優位にあるのだろう。こんな僻地《へきち》だ、医者とはいえ誠也がまともに生計を立てられているとは考えにくい。神月が都地のみならず誠也の面倒も見ているのだとしたら、それで当然かと納得はした。

神月がまとう風格や、場を制する雰囲気の根みたいなものを、目の前で見せつけられているようだった。

誠也は神月の言葉に困惑するような表情を見せた。病気の父親に会うため画家が押しかけてきた、などと教えられればそれは困りもするだろう。

彼は都地のために医者になったのだと神月は言った。あまりにも献身的だ。普通、ひとりの男が父親のためにそこまでできるのだろうかと仄かな疑問を抱く。

誠也は少しのあいだ友馬の顔を見つめていたが、それから神月に向かって軽く一礼し静かに告げた。

「では、僕はこれで。珍しく応接間にひとがいるようだったので、気になって覗《のぞ》きました。邪魔をしてすみません」

あっさりと背を向け去っていく誠也の姿を思わず目で追いかけてしまう。都地はひとづきあいが苦手らしいので、息子もそうなのだろうか。そんなことを考えていると、見透かしたように神月が笑った。

「誠也くんはいつでも優しいよ。本宅にも、集落の人間にも頼りにされているお医者様だ。いまはちょっと、急なお客様にびっくりしているみたいだね」

慌てて神月に目を戻し、頷いた。彼の言う通りなのだろうなと思った。

この邸宅で、自分は間違いなく邪魔者だ。神月にとっても、そして誠也にとってもだ。それでも、都地に会うまでは帰れない。

なにせあとがないのだ。帰りたくても帰る場所などもうないし、あの地獄には戻りたくもない。

そのとき、柱時計が二十四時を告げた。神月とあれこれ話をしているうちに、いつのまにかそんな時間になっていたのかと驚いてしまう。この男といると、なぜか時間の経過が早いなと思った。

神月はカップをテーブルに残してソファから立ちあがった。そんな所作まで優雅で、確かにこの男は育ちがいいのだ、自分とは別の世界に生きているのだと思い知らされる。

「もうこんな時間か。しかたがない、追い出したら君は野宿をすると言うし、それは私がいやだから一晩だけ泊めてあげよう。ついてきなさい」

「すみません……。ありがとう、ございます」

「と、しおらしいことを言っているが、君、明日になったらちゃんと帰る気があるのかな？」

くすくすと笑われ答えられずに唇を噛《か》む。もちろん、都地に会えるまでは帰るつもりなどなかった。神月が、それから誠也が都地の体調を慮《おもんぱか》っているのは理解できるが、ここで引けるのならばもとより押しかけてはいない。

わかってはいるのだろうが神月はそれ以上は言わず、鞄を手にした友馬を連れて応接間を出た。迷路のように入り組んだ廊下を先に立って歩く。

その彼が途中でふと立ち止まったのは、薄暗く狭い廊下の前だった。奥には重たそうなドアが見える。

なんだろうと覗き込む友馬に向かって、神月ははっきりとした声で告げた。

「そこのドアは決して開けないように。都地が生活している離れに通じている。もし都地の邪魔をするなら私の制裁を覚悟するんだね。決して迷惑はかけないんだろう？」

制裁、という神月に似合うような似合わないような単語に、ひとつ喉を鳴らしてから頷いた。そうすることしかできなかった。下手な真似《まね》をすれば業界追放どころか、ほんとうに海に沈められそうだと思った。

それから神月は階段を上って友馬を客室まで案内し、そこでは穏やかに笑ってみせた。

「では、おやすみなさい。右のキャビネットにナイトウェアが入っているから適当に使っていいよ」

「……おやすみなさい。コーヒー、旨かったです」

悩んだ末に面白くもない言葉を返すと、神月はひらりと片手を振り廊下の向こうに消えていった。その背を見送ってから客室へ入り、ドアを閉める。

途端に緊張が解けて、カーペットが敷かれた床に鞄もろとも思わず座り込んだ。どっと肩にのしかかってくる疲れに溜息を洩らす。

朝、手紙を残して堺の家を出た。それから電車に揺られこんな田舎まで来て、二時間も砂利道を歩き、辿《たど》り着《つ》いた神月の邸宅ではまた長い時間話をした。

散々無茶をしたのに、神月の対応は多分優しかったのだと思う。そうだ、あの男は自分に甘かった。にせよ、詰め寄ったり掻き口説いたり謝ったり、慣れない行動に疲弊した。

それでも、神月とすごすひとときは楽しかった、のか。

ふと、神月の香水のにおいを思い出した。エレガントで華やかで、どこか官能的なにおいだった。感じたこころのざわめきは知らないものだったし、ざわめいた理由は、わからない。

少しは落ち着いてから眺めた客室は、やはり驚くほど広かった。

ベッドにキャビネット、窓にはセンスのよいカーテンがかかっており、窓際に机と椅子《いす》がある。品よく落ち着いていて居心地がよい。神月の邸宅にはこんな部屋がいったいいくつあるのだろう。

個展のあと堺の目を盗んでこそこそと聞き回ったところによると、神月は画商として大したやり手だという評判だった。とにかく目がきくし、馬鹿みたいに稼ぎがよいらしい。こんなに広い邸宅や、画家を抱えられるくらいに金持ちなのは、神月家の資産のおかげというわけでもないのだと思う。

どこからどう見ても成功者だ。神月から滲《にじ》み出ているものは、余裕だ。いざそのテリトリーに踏み込んでみれば確かに彼の力を実感する。あんな男を前にすれば、大抵の人間は参りましたと頭を下げるしかないのではないか。

誰もが欲しがるものを彼はすべて持っている。一方、自分にはそれらのひとつもありはしない。

などと、どうにもならないことを考えながらいつまでも座り込んでいたってしかたがないか。友馬は片手をついて立ちあがり、歩み寄った窓を開けた。

さらさらと吹き込む五月の風は気持ちがよかった。来る道でも思ったが、爽やかな緑の香りがこころを癒《い》やす。

見あげると、春の星座がはっきりと形を作っていた。夜の空にこんなにもたくさんの星があるとは知らなかった。確かに都会は便利でよいが、満天の星空に酔う贅沢はない。

こういう土地で暮らすのもいいものなのだろう。空気は澄んでいて草木は美しく、空は綺麗だ。療養しつつ制作活動を続けている都地にとってもよい環境であるに違いない。

声どころか顔も知らない都地のことを考えた。力のある画商に惚れ込まれ、同じ家には医者である息子が暮らしている。都地の病気がなんであるのか詳しいことは聞かされなかったが、この恵まれた環境で早く元気になってほしいと思う。

そうすれば、会えるのかもしれない。そして、絵を教わることだってできるかもしれないのだ。

都地がどんな人物であるのかはわからない。しかし『まこと』を描いた画家だ。きっと愛にあふれた、こころ豊かな男なのだろう。

しばらくのあいだきらめく星々に見蕩れてから、窓とカーテンを閉めた。汚れのない自然のおかげか、疲れがのしかかっていた身体がずいぶんと軽くなっている。

神月に指示されたように古めかしい木製のキャビネットを開け、ナイトウェアを取り出した。高級ホテルにあるような、しっかりした生地の、ボタンで留《と》めるガウンタイプだ。

これはまた高そうだなと貧乏くさいことを思った。こんなところにまで金がかけられているのかと、感心のような、ほとんど呆れのようなものが湧く。

服を脱いでたたみきちんと椅子に置いて、素肌の上に身につけた。神月がまとう、あの快い香りがしないものかとなんとなく襟のあたりのにおいを嗅いでしまう。しかし感じられたのは清潔な柔軟剤の香りだけで、当たり前かとなんだか少しがっかりした。

他にすることもなく時間も時間だったため、大人しく照明を落としベッドに潜り込んだ。スプリングがきいていて寝心地はよい。

都地に会うことはできなかったが、とりあえず都地と同じ屋根の下にいる。帰れ帰れと言いながらも主《あるじ》は優しく、都地の息子も誠実そうだった。『まこと』に近づくための最初の一日としては順調なほうだろうとひとつ満足の吐息を洩らし、そっと目を閉じる。

その瞼《まぶた》の裏にふと、またいつものごとく堺の姿が蘇った。

枷《かせ》のように手首を摑む指、押さえ込まれた脚が軋《きし》むあの感覚だとか、互いの荒い息づかいまでもが鮮明に思い出された。

ぞくぞくと肌が粟立《あわだ》った。こみあげてくるものは恐怖であり、また汚穢《おわい》に対する抱えきれないほどの嫌悪だった。こころの壁を突き破って皮膚の表面に染み出し、空気までをも濁らせていく。息ができない。

苦しい。

慌ててぱっと目を開け、染みついた記憶を無理やり追い払った。のろのろとベッドの上に身を起こし、長々と溜息をつく。

こんなに清潔な場所にいるせいなのか、かえって眠れやしない。

あそこに、堺の元にいたところで自分は変われない、なににもなれない。一生陰鬱な絵を描き続け、そしていつか腐るだけだ。

それもしかたがない、なにせ他には居場所がないと諦めていた。ここにいるしかない、堺から吹き込まれるその言葉は、いつのまにか自分で自分に言い聞かせる呪文になっていた。

しかし、あの日あの狭い展示室で一枚の名刺を手に入れた。いまも財布の中にしまってある宝物は、自由への切符に違いなかった。

だから、もう戻りません、とだけ書いた手紙を残し、行き先も告げずに逃げてきた。神月との出会いは運命だったのだとさえ思う。

彼は自分の苦悩を見抜いてくれた。彼がいたから『まこと』に巡りあえた。都地に会いたい、『まこと』のような絵を描きたい、この情熱はいわば神月によって火をつけられたものだ。

その火にあおられるまま、十年ものあいだつながれていた鎖をようやく引きちぎった。

これで堺の元にはいられなくなるだろう。居場所を失い絵筆も持てず、冗談なしに野宿をするはめになるのかもしれない。だが、あの恐怖と嫌悪に充ちた牢獄《ろうごく》の、なにが居場所だというのか。

逃げるならばいまなのだと思った。そして、逃げる先は、神月だ。それしか考えられなかった。

苦しいんだね。あの日そう言った彼がすべてのはじまりなのだから。

なのに、どこまでも呪縛はつきまとう。

緩く首を左右に振って、うっとうしい思考を頭から追い出した。それでも、神月といたときとは違う、いやな鼓動の高ぶりはなかなか収まらなかった。身体がぞくぞくするし、やたらと喉が渇く。冷たい水でも飲んで落ち着きたいと思った。

客室には水差しがなかった。みっともないかと躊躇《ちゅうちょ》はしたが、どうせ誰もいないだろうとナイトウェアのまま靴を引っかけ部屋を出た。

さてこの迷路のどこに水が飲めるキッチンがあるのだろうか。部屋のそばに客用らしきトイレは見つけたものの、さすがにそこの水を飲むのはためらわれる。

神月に連れられてひとつ階段を上ったからここは二階だ。キッチンは普通一階にあるかと廊下の端から階段を下りてみる。とはいえ正直どちらが北でどちらが南なのかも謎《なぞ》だった。方向音痴にも程度があると思う。

ここは先ほど通ったのかそうではないのか。神月の背を追っているときには緊張していたせいもあって、よくわからない。

頼りなく数分うろうろしたところで、狭い、薄暗い廊下が見えた。都地が生活する離れに通じているのだと神月が言った、あの廊下だ。

制裁、という言葉が蘇る。まるで神月に守られている聖域のようだと思う。さすがに踏み込めないだろう。

廊下の奥にあるドアをじっと見つめながら考えた。神月は都地と専属契約を交わしているらしいが、そんな相手ならば神月にはたくさんいるはずだ。彼についての噂を求めているときに、手広く仕事をしているとも聞いた。もちろんそうでなければ商売にならない。

なのにただひとりの画家に対して、ここまでするものだろうか。

神月は、画家の生活に責任を持つ、そう言っていたが、ならばそれなりの金を渡せば充分だ。自分の邸宅の一部を与えてまで面倒を見るというのは普通ではない、なんだか腑《ふ》に落ちないと思う。

神月が都地に惚れ込んでいるのは確かだ、それは友馬にもわかった。きらめく目をして彼は都地の話をした。

しかしあの表情には、あるいは、別の意味があるのではないか。神月が惚れ込んでいるのははたして都地の才能にのみなのだろうか。

もしかしたら画商と画家というだけでなく、彼らはなにか特別な関係にあるのかもしれない。十年以上のつきあいであるらしいし、神月はいってしまえば都地のために画商になったのだ。都地のために、目の前に広がる他の可能性のすべてを捨てたということだ。そこまで入れ込まれたら、大抵の人間ならば、落ちる。

神月はあの通り美しく人柄もよいだろう。女はいうまでもなく、男だって惹かれるに違いない。

だから、たとえば、性的な。

廊下を少し歩き、窓から離れの方向を見た。もう夜中だというのに明かりがついている。都地はこんな時間まで絵を描いているのだろうか。それとも神月と、抱きあっている？

そんなことを考えていたら、いつのまにか喉の渇きもどこかに消えていた。いまはキッチンの場所よりも、神月がどこでなにをしているのかはっきり知りたかった。とはいえこの迷路の中を端から端まで歩き回るのも無作法だろうし、まず無理だ。

しかたがないのでいくらか迷いながらも客室に戻った。再度ベッドに潜り込み、膝を抱えて丸くなる。

もしこの曖昧な邪推通り、神月と都地がそのような関係にあったら、どうだろう。

相手を愛《いと》おしみ慈しむ笑みを浮かべながら熱をのみ込む神月の姿を想像した。それにふと自分の姿が重なって、がんがん頭が痛くなる。

無理だ。あってはならない、とても理解できない、許容できない。

できないが、そこに愛があれば、どうなのか。

神月が都地を心底大切にしていることはもう知っている。自身の才能をすべて託すほどならば、都地も神月を特別な相手として見ているのだろう。

計算でもなく醜い執着もなく、ただ互いに愛をもって肌に触れあうなら。自分のように、汚れていないのならば。

その関係は、美しいものなのではないか。

ノックの音で目が覚めた。

はっと瞼を上げると、もうカーテンの隙間から眩しい光が射し込んでいた。朝だ。眠れるはずもないと思ったのに、いつのまにか眠っていたらしい。

友馬は慌ててベッドから飛び下り、鞄から引っぱり出した服を身につけた。洒落てもいないし高価でもない、この邸宅にはまったく相応しくない格好だがいまさらだ。清潔なだけましだと自分に言い聞かせ、靴を履きドアを開ける。

ドアの外には友馬と同じくらいの年代の、見知らぬ男が立っていた。真っ白なシャツと整った姿勢のせいか、きちんとした印象を受ける。昨夜はもう帰ってしまったと神月が言っていた使用人なのだろう。

「朝食の用意ができました。ダイニングルームへご案内します」

丁寧な口調で告げられて、ぎこちなくただ「はい」と答えた。おはようだとかありがとうだとか、今日はいい天気だねとか言えるような気のきいた人間ではない。

昨日も感じたが、まるで外国の映画の中にいるようだった。ほんとうに別世界だなとほとほと感心してしまう。

使用人のあとについていくとダイニングルームへ通された。どこもかしこも無駄に広いことにいちいち驚くのには、もう飽きた。それほどに広い。二、三人のために作られた部屋ではないだろう、むかしはたくさんの人間が集い食事をしたのかもしれないと思った。

ダイニングルームではすでに神月と誠也がテーブルに着いていて、なにやら話をしていた。今日は誠也も神月と同じように気楽な服装をしていた。スーツだろうが普段着だろうがどちらにせよ値は張るのだろうが、なんとなくほっとする。

彼らがなにを話しているのかはわからなかった。しかし、礼儀正しい中にも穏やかな雰囲気があることは感じ取れた。同じ人間を守るパトロンと医者だ、このふたりは、都地をあいだに挟みよい関係にあるのだろう。

パトロンか。そこまで考え、それから神月の整った横顔を見て、ぞくりとした。

プラチナブロンドを揺らし緑色の瞳を欲に蕩《とろ》けさせた、昨夜ベッドの中で想像した彼の姿をふと思い出す。なまめかしかった。濡《ぬ》れた宝石みたいに綺麗だった。その関係が愛であるならば美しいのではないか、そんなことを考えたはずだ。

それからひとつ小さな溜息をつき、ただの想像だから、勝手な妄想だからと頭から追い出した。

いまはくだらない邪推をしている場合ではない。堺の元を飛び出して、なにをしにきたと思っているのだ。都地に会うために、絵を教わるために、そしてその望みがかなうよう神月に受け入れてもらうためにここにいるのだ。

「おはよう、伊万里くん。突っ立っていないで座ったらどうかな？」

勘のいい男であるから友馬の動揺には気がついていたのかもしれないが、神月は理由を問うこともなかった。にこりと笑いかけられ、なんだか自分がひどく下卑た人間になってしまったような気がして顔が歪みそうになる。

　なんとかそれを抑え込んでぎくしゃくと促された椅子に座った。テーブルの上には作りたてらしい朝食が並んでいる。サラダにオムレツ、トースト。シンプルだが旨そうだった。

　そういえば昨日昼食をとったきり食事をしていない。と思い出したら途端に腹が減ってきた。

　使用人が背後から、友馬の前にグラスを置いてくれた。下手なホテルよりもサービスがよい。昨夜、水を求めてうろついたこともついでに思い出し、これまた猛烈に喉が渇いてくる。

「ではいただこうか。ありがとう、近藤《こんどう》くん」

　使用人は近藤という名らしい。誰にでもきちんと礼を言うところが神月らしいなと思った。

　指示される前にグラスを手に取り、みっともないと思う余裕もなく一気に空けた。よく冷えたグレープフルーツジュースはおそらくは絞りたてなのだろう、旨い。

　神月はその友馬を見て、面白そうにくすくすと笑った。

「そうか。客室に水差しを用意しなかったね。意地悪をしたわけではないよ、気がきかなくて申し訳なかった。それで、昨日は眠れたのかな、伊万里くん」

「寝ました。あの、すみません」

　空のグラスをテーブルに戻しながら、早口で謝罪した。品もなくジュースを飲み干したことに対してなのか、昨夜いやらしい妄想をしたことに対してなのか。自分でもわからなくなりつい再度声に出す。

「いえ……ごめんなさい」

「なぜ？　君はなにか悪いことでもしたのかな？　若い男はおいしそうに飲んだり食べたりすればいいだろう。それこそが作った人間への礼儀だよ。マナーなんてどうでもいいから、食べなさい」

「……いただきます。旨そうです」

スマートにフォローされてしまうと、かえっていたたまれなくなる。

それでも、マナーなんてどうでもいいと言ってもらえれば多少は気が楽だ。フォークを手に取り口に運んだサラダは、みずみずしく新鮮な味がした。このあたりで採れた野菜なのかもしれない。

しばらくは三人黙ったまま食事を味わった。それから神月はフォークを置き、子どもに言い聞かせるような声で友馬に言った。

「君、これを食べたら帰るんだよ。駅まで車で送ってあげてもいいし、散歩がてら歩くならそれでもいい。このあたりは空気がおいしいからね。どちらにせよ、ちゃんと帰るように。何度も言ったが、ここにいても都地には会わせられないんだよ」

昨日からくり返し聞かされているセリフは、部外者を拒むためのものではなく、ただ都地を守るためのものだ。最初はずいぶんと頑《かたく》なだとも思ったが、いまになればそれくらいは理解できる。だから下手に突っかかることもできないし、そうしてみたところで要求は通らない。

ならばどんな言葉を使えば有効なのか。ああでもないこうでもないと悩んでから、なるべくはっきりとした声で返した。

「昨夜はなにもわかってなくて、すみませんでした。もうあんなふうには騒がないし、無理も言わないので、待たせてください。都地先生の体調がいいときに、ほんの少しだけでも会えればいいです、いつになってもいいんです。ほんとうは絵を教わりたいけど、それが駄目なら」

「伊万里くん。私は、帰りなさいと言っているんだよ」

「……帰りません。帰れません。帰るところなんて、ありません」

目の前の皿を睨《にら》み、ぎゅっと両手を握りしめて言う。卑怯《ひきょう》な主張なのかもしれないとは思うが、事実だった。

神月が、ふ、と洩らした吐息が聞こえてきた。こんな、強者の情に縋《すが》るような言いかたをしてさすがに呆れられたかとひやひやしながら目を向ける。

しかし見つめた神月の、夢見るように美しい緑色の瞳は穏やかだった。困っているのは確かだろうが、不愉快がっているというわけではなさそうに見える。

この男はなぜか自分に甘い。昨日と同じようなことをまた考えた。

「伊万里くん、といったかな」

そこで、それまで黙っていた誠也が口を開いた。

「せっかく父に会いにきてくれたのに申し訳ないけど、ほんとうにここにいても無駄なんだ。父は調子が思わしくないし、他人に絵を教える余裕はないんだよ。ひとと接するのも苦手で疲れさせてしまうから、会わせてあげることもできない」

神月から視線を移した誠也は、やはり困ったような表情をして友馬を見ていた。いつでも優しいよと神月が言っていたように、やわらかな口調で喋る。

それでも、都地に会わせることはできない、そこは神月と同じくきっぱりしていた。医者として、あるいは息子として都地を心配しているのだろう。

このふたりが、ここまで言わなければならないほどに都地の病状は深刻なのか。

「都地先生はそんなに体調が悪いんですか。展示会で、最近の作品を見ました。とてもそんなふうには感じませんでした。活き活きとしていて、勢いもあった」

「絵はね。また別のものだから」

友馬の問いに答えた誠也は、どこか複雑な表情をしていた。ふとした違和感のような、不自然さのようなものを覚えたが、その正体はわからない。

食後のコーヒーを飲みながらの会話は静かだった。神月は誠也に学会の感想や都内での様子を訊ね、誠也は難しそうな医学論文や立ち寄ったレストランの話をした。

穏やかで落ち着いた空気の中に置かれて巧く口を挟めない。残念ながら医学には通じていないし、レストランなんて堺に指示され渋々ついていくことしかなかったから名前も覚えていない。

しかたがないので黙ってふたりの会話を聞いていた。誠也は必要以上にへりくだりはしなかったが、神月との立場の差をしっかりと重んじているようだった。

この邸宅において神月は絶対的な主だ。都地はともかくとして、誠也は神月に服する従者だ。ふたりともそれを理解し互いの役割に準じている。

　昨夜神月は友馬に、ひととの適切な距離を保つのが苦手なのかというようなことを言った。その言葉を借りるならば、彼らは完璧にあるべき距離を保ち向かいあっている。おそらくはそうすることでよい関係を、それこそ保っているのだろう。

　波風のない生活を維持するには秩序が必要だ。しかし、三人だか四人だかしかいない家でそこまで自身の言動を律するのは、なんだかかえって不健全だなとも感じた。

　先ほど、都地をあいだにふたりは巧く結びついているのだろうと思った。それはその通りでも、どこかに偏りのようないびつさのようなものが隠されていやしないか。

　二杯のコーヒーを空にした神月の指示で、使用人が食器を片づけた。それをやはり黙って待ってから、友馬はようやく口を開いた。

「神月さん。お願いがあります」

　友馬の真剣な声に神月はくすくすと笑った。相手をからかっているというわけではなく、この男は多分、困りつつも少しは状況を楽しんでいるのだろう。そんなふうに感じさせる軽やかな笑い声だった。

「またか。君のお願いは無茶だから参るね。それで？　言うだけは言ってみればいい、どんなお願いなのかな？」

「この家には都地先生の絵があるんでしょう？　それとも他の場所に保管してるんですか」

「いや。都地の作品はここにあるよ。下手な保管庫よりも温度や湿度を管理できる作品置き場を作っている。個展のあとで引きあげてきたから、売ってしまったもの以外はあるかな。個展に出していない絵も、もちろんたくさんある」

「見せてください。見たいです」

テーブルに身を乗り出す友馬を見て、神月は小さく肩をすくめた。その仕草は、また面倒なお願いだなとでも言いたげなものだったが、彼がほんとうには不快がっていないことは感じ取れた。

というよりむしろ、彼は寵愛《ちょうあい》する画家の絵をここまで希求されて僅かばかり満足しているのかもしれない。そのような印象を受けた。

「きちんと額装もしていないよ。展示しているのではなく保存しているだけだからね。そんな状態の絵を誰かに見られるのは、君、画家としていやではないのかな？」

「構いません。見たいです。お願いします」

「なるほど。君が都地に魅せられたのは事実なんだろうね。相変わらず非常識なまでに熱心だ」

神月はわざとらしく溜息交じりにそう言った。しばらく思案の表情を見せ、それからじっと友馬の顔を見つめる。

西洋人形のような緑色の瞳は美しくきらめいていた。都地の話をするときの、あの目だ。思わずただ見入ってしまってから、それでは駄目だと真っ直ぐ見つめ返す。

魅せられた。神月の使った言葉は正確だと思う。その通り自分は都地の絵に魅せられた、虜《とりこ》になった。決して逃げられない、逃げてはならないと諦めていた堺の元を飛び出し、いまこんなところにいるのはそのためだ。

感情を声に変えるのは得意ではない。だから、この意思を目で届けられるなら届けたい。都地の作品にどれだけこころを揺さぶられたか、間違いなく神月に伝わればいいと願った。

そして、はじめて出会ったあの日神月が口に出したいくつもの言葉が、渡された名刺が、自分にとってどれだけ重要なものであったのかも伝わればいい。

数分は無言のまま見つめあっていたと思う。目から意識の中にまで侵入してくるような神月の眼差しをなんとか受け止め、同じだけの強さを込めた視線で応えた。

神月がその行為でなにをどこまで読み取ったのかはわからなかった。だが、少なくとも友馬の必死さくらいは把握してくれたらしい。試すような視線の交わりを解き、それから神月は髪を掻きあげてやわらかく苦笑した。

「しかたがない。そんな顔をされたら断りきれないよ。減るものではないから、君にだけは特別に見せようか」

「ありがとう、ございます」

するりと抜けていく緊張のかわりに身体へ押し寄せてきたのは、興奮だった。そのせいで言葉はみっともなく途切れたが、いまさら構うものかと開き直る。

都地の絵の前に、また立てる。

「ついておいで、伊万里くん。作品置き場に案内しよう」

「はい。ありがとうございます」

芸もなくくり返してから、席を立つ神月を慌てて追いかけた。横顔に誠也の視線を感じはしたが、いまは振り返る余裕がない。

胸が高鳴った。期待で脚が絡まった。

『まこと』は、運命の絵はあるのだろうか。閉塞されたこころを撃ち抜いた、あの作品に再会できるのか。


神月が言った通り空調の行き届いた、これまたひときわ広い部屋へ通された。

展示しているわけではない、作品置き場だと彼は表現したが、まるで個展会場のように美しく整えられている。これも神月のセンスのよさなのだろう。

飾られているのは、見る限り都地の絵だけのようだった。他に取り引きのある画家もたくさんいるのだろうに、この部屋は完全に都地のためのものであるらしい。

神月の画廊で見たよりも、作品数は当然多い。部屋一面が都地の絵だ。それに、圧倒された。

額装されていないからなのか、展示会のときよりそのみずみずしさを強く感じた。都地の作品はどれも感情豊かで、あたたかい。鬱屈だとか翳《かげ》りだとか、そういう自分が絵にぶつけてきた、それしかできなかった陰の要素は見当たらなかった。

都地が作品に写し取ろうとしているものは、陽なのだと思う。この世界に充ちる夢、希望であり、それから切実なまでの、優しさだ。それをいっさい迷いのない筆で鮮やかに表現する。

都地はどのような思いで絵を描くのだろう。どのような表情で、どんな目をしてどんな指先で？　その姿が見たい。一目でいい、見たい。そしてもしかなうことならば声を聞きたい、話がしたい。その願望がますます強くなるのを抑えることはできなかった。

都地に、この絵を描く画家に会いたい。

部屋には古いものから新しいものまでさまざまな絵が飾られていた。まだ油絵の具も完全には乾いていないような、無造作にイーゼルへ置かれたままのキャンバスもある。それを目にして、都地はいまでも制作を続けているのだと改めて実感し、胸が痛くなるほどの嬉しさに襲われた。

都地が絵を描き続けているのならば、いつかその姿を見る機会も、教えを請うチャンスだってあるはずだ。

ぐるりと広い部屋を見渡した。そこで片隅に、まるで隠すような角度で一枚の絵が置かれていることに気がついた。

途端に鼓動が速くなる。『まこと』だった。

なぜ隠されているのだろうと思う余裕もなく、震えそうになる脚で歩み寄り目の前に立った。『まこと』を見るのは二度目であるはずなのに、神月の画廊で感じたよろこびが薄れることはなかった。それどころかさらに強く、濃く湧きあがってくる。

あのときと同じように瞬きもせず、呼吸すらもまともにはできずに見入る。

やはりはじめて出会った日に感じた通り、こころを握り潰されてしまいそうなくらいに愛あふれる絵だった。

家族が事故で死んだときの記憶は遠く、以来愛を知らずに生きてきた。愛とはこうも眩しく尊く、美しいものなのか。いまや愛に触れることなどはない、だからその温度はわからない。しかし『まこと』が気高い愛を宿す絵であることは痛いくらいに感じ取れる。

愛。自分の愛はどこにあるのだろう。どうすればこんなふうに手に入れ描くことができるようになるのだろう。

「なるほど。君はよほど『まこと』が気に入ったようだね」

息を詰めて絵を見つめていると、神月が後ろから声をかけてきた。咄嗟《とっさ》には答えられなかった。はい、そうです、好きです、そんな簡単な言葉さえ頭の中に浮かばない。

それからようやく神月を振り返り、掠れた声で言った。

「気に入った？　そんなものじゃない」

意図したわけではないが、嚙みつくような、乱れた口調になった。無礼だと自覚はできても取り繕えない。きっと自分はいま必死な顔をしているのだろう。

「素晴らしい。素晴らしいなんて言葉じゃ足りないです。あなたにだってわかるでしょう、わかっているから『まこと』はここにあるんでしょう、売ることができないんでしょう？　この絵には愛があります。胸が痛くなるような、愛だ。真実の愛だ。おれが知らないものだ、そして、おれが欲しいものだ」

神月は言葉を返さずに黙って友馬を見つめていた。彼には友馬の不躾な態度を叱るつもりはないらしかった。まるで眩しい光源を正面から浴びせられたように目を細め、綺麗な姿勢でただその場に立っている。

「おれは『まこと』に出会うまで、自分がなにを欲しているのかさえ知らなかったんです」

同意を示されるでもなく議論を持ちかけられることもなかったので、懸命に言葉を連ねた。わかっているはずだろう、わかってくれ、両手を握りしめ神月に詰め寄りたくなるのをこらえる。

「でも、いまは知ってます。おれは愛が欲しい。誰かを愛したいし愛されたい。そしてそれを描きたい。この絵はひとをしあわせにします。誰もが衝撃を受けるはずだ、そして気づくはずだ。愛は、美しい」

神月は口を開かない。

呆れられているのか続きを促されているのかはわからなかった。それが、もどかしかった。そうだね、その絵は素晴らしい。そうだね、愛は美しい。神月がそんなふうに答えてくれれば口を閉じることもできたのかもしれないのに、返ってくるのは無言だけだ。

この胸の高ぶりが伝わらないのだろうか、届かないのだろうか。どうしても神月だけにはわかってほしくて、さらに言いつのった。

「おれは、こういう絵が描きたかったんです。ずっと、ずっとだ。『まこと』を見るまではわからなかった。『まこと』を見てようやくわかりました。おれが描きたいのは、この絵だ」

最後にそう言いきって、無理やり続く言葉をのみ込んだ。もっと訴えたい熱意はある、もっと見てほしい感情もある。それでも、これ以上不器用になにを話したところで大して意味もないだろう。

友馬が口を閉じても、神月は依然として黙ったまま友馬の前に立っていた。その視線は揺れもしなければ、ぶれもしなかった。ただじっと友馬を見つめている。

彼がようやく声を発したのは、濃密な沈黙に友馬が息苦しさを覚えはじめたころだった。

「愛はあるよ。それは深い愛がある」

聞き慣れた穏やかな口調にまずほっとした。駆け出しの画家に都地の絵をああだこうだと勝手に語られても、この男は別に怒ってはいないらしい。

「だが、この絵がひとをしあわせにできるかどうかは、わからない。私には、わからない」

しかし静かに続けられた言葉に、言いようのない不安を覚えた。わからない、神月がそんなセリフを口に出したことはいままでなかったと思う。

ついまじまじと見つめた神月は、どこか愁いを帯びた顔をしているようにも見えた。

ひとをしあわせにできるかどうかはわからない、それはどういう意味だろう。彼はなにを考えているのだろう。画商として、商売として、誰かに『まこと』を売ることができないからとこの男は言いたいのか。

口をつぐんでしばらく考えたが、それこそわからなかった。ただ、これ以上追及してはいけないのだということは察せられた。

「……この絵は、誰を描いたものなんですか」

探して声に出した問いは、我ながらつまらないものだったと思う。

神月はそこでにこりと微笑んだ。その彼らしい表情にひどく安堵《あんど》した。自分にとってそうであるように、というよりはそれ以上の強さで、神月にとって『まこと』は特別な絵なのだろう。彼が説明できない、説明しない思いを引っ掻き回すのはあまりにも無作法だ。

「誰だろうね？　私が答えることではないよ」

軽やかにはぐらかされたので、とりあえず頷いておいた。こんな絵を前にして画商がぺらぺら由来を解説するのも野暮か。明言してしまわないことが重要なのかもしれないと思った。

身体の向きを戻し、改めて『まこと』を見る。努めて冷静に眺めてみると、やはり誠也に似ているように感じられた。

父親が息子を描いた絵であるならば、あふれる愛が筆に乗るのも納得がいく。

また『まこと』の前で固まってしまった友馬に、神月はくすくすと笑って「他の絵も見たらどうかな？」と声をかけた。はっと我に返り、慌ててもう一度頷いてから部屋の入り口まで戻る。

端から順番に絵を見て回った。ここは楽園のような一室だなと素直に感嘆した。どこに目を向けても都地の作品がある。一日中、どころか何日でも何週間でも閉じこもり、酔っていられたらどれだけしあわせだろう。

その足がふと止まったのは、部屋の奥にあった小さな絵の前だった。

キャンバスではなく厚手の紙に水彩で描かれた、少し古い風景画だ。ほとんどの作品が油彩であるのに珍しい。しかもこれはスケッチブックから一枚切り取ったものなのか、よく見ればリングから剝がしただけで端の処理もしていないようだった。

緑の中で静かな湖が澄んだ水をたたえている。どこかに切なさを感じさせる作品だった。

業界では、都地は五年前に大きく作風が変わったといわれている。個展を訪れた際に友馬もその通りだと納得した。

完成された技術はそのまま、より活き活きと明るく鮮やかに世界を描き出す。その変化、あるいは進化で都地の絵はなお素晴らしくなった、そう評価されていた。

神月が都地のために作った作品置き場にも、個展のときと同じく変化以前と以降の絵が両方飾られている。その中で、この一枚の風景画だけが例外であるように感じられた。

都地における五年前の変化は前後が連続していない。まるで断層でも生じたかのごとくはっきりとしている。それを不思議に思っていた。

しかしこの絵からは、ふたつの作風が入り交じった、以前とも以降とも断定できない曖昧な印象を受ける。変化の境目を埋めるような、もしこの風景画を断層に置けば綺麗につながるような、そんなイメージだ。

「この絵は……なんだか不思議です」

問われてもいないのに、つい思ったままを呟いた。

「巧く言えませんが、過去といまが、重なって交ざりあっている？」

「絵を描きにいこうか」

その友馬の疑問を受け神月が発した言葉は、あまりにも唐突なものだった。驚いて振り返り見つめた彼の顔は、別に冗談を言っているようでもない。

というよりも、その緑色の瞳はひどく真摯だった。

「伊万里くん。君が絵を描く姿を見てみたい。私は君の絵が好きになったんだよ、言っただろう？君の絵が、君がずっと気になっていた。その君が絵を描く姿を見てみたい。君の、絵に対する情熱を知りたい」

正直戸惑った。なにを要求されているのかわからない。

自分が都地の姿を見たいと願うのと同じように、この男は自分が見たいのだろうか。しかし、都地ほどの画家ならともかく、未熟な駆け出しが絵を描く様子などを見ても面白くはないと思う。

大体、いまの自分になにが描けるというのか。題材がなんであれ例のごとく陰鬱な、ひとを不安にさせるような絵になるだけだ。それを神月が理解できないはずもないだろう。

それに、いつでも絵を描くときにはひとりきりで苦痛に震えながらキャンバスの前に立つのだ。惨めで醜い。あんな姿は堺にも見せないのに、この男に見られたら情けなさのあまり窒息してしまうかもしれない。

「……道具を、持ってきていません」

苦しまぎれの言い訳は、あっさり退けられた。

「ここには画家がいるんだよ？　そんなものは腐るほどある。私の車にもいくらか積んであるから、行こう」

「でも、おれは、ひとまえでは」

「生ぬるいね？　都地を見たがっておきながら、自分は見せられない？　まさか伊万里くんがそんな腰抜けであるはずはない」

反論する前に腕を摑まれ、声は喉の奥で詰まった。いま目の前にいる男は、知る限りいつでも紳士的な神月とはまるで別人のようだと思った。

シャツ越しに食い込む指の感触と力強さに、ぞくりとした。

まただ。またあの記憶が押し寄せてきてしまう、身体で思い出してしまう。その予感にいやな汗が滲んでくる。

友馬の狼狽《ろうばい》が伝わらなかったということはないだろう。しかし神月はためらわずに友馬を部屋から引っぱり出した。ドアを閉めたところで手を離し、友馬の顔を覗き込む。

「どうしたのかな？　なにも大勢の前で制作過程を披露しろと言っているわけではないよ。君を見るのは私だけだ。それとも私の前で、絵を描くのはいやなのかな？」

「……いえ。そういうわけでは、ないですけど」

動揺を隠すためにしどろもどろに否定した。そうしてしまってから、これではいやではないと言っていることになるのかと思っても、もう遅い。

先に立つ神月についていくことしかできなかった。強張《こわば》る足を無理やり動かしながら、摑まれていた腕を片手で擦《こす》り肌に残る感触を消す。乱暴に扱われたとは思わなかったが、彼が妙に強引であるのは確かだった。

うつむいて、いまにも蘇りそうになる記憶を意識の底に押し込めていると、そこでふわりと香水のにおいを感じた。足もとしか見ていなかった視線をはっと上げたら、歩を止めた神月が振り返っていた。

「私は君が知りたいよ。君は、私に自分を知ってほしいとは思わないか？」

一瞬息が止まった。それからぎこちなく、曖昧に頷いた。

そうだ。わかってほしい、神月に思いを伝えたい届けたいと願ったのは、自分だ。

迷路のような廊下に立ち、ふたりのあいだにはいまほとんど距離がなかった。それをはっきりと意識したら、なぜか勝手に鼓動が速くなった。

神月のそばにいると知らない感情にこころを揺さぶられる。その理由も、感情の種類もやはりまだわからない。

神月がハンドルを握る高級車の助手席に連れ込まれた。

緊張していたため正確なところはわからないが、目的地までは一時間もかからなかったと思う。それでも周囲の景色はずいぶんと変わった。神月の邸宅は野原の広がる丘にある。そしていまふたりがいるのは、木々のおいしげる山だ。

勾配のきつい道をしばらく走った先の山間に、綺麗な湖が広がっていた。

穴場なのかひとけはなく、ベンチがひとつだけぽつんと置いてある。友馬にも、あの絵の場所だとすぐにわかった。スケッチブックから切り取っただけの水彩画は、ここから湖を描いたものであることは間違いない。

どうしたらよいのかわからずに助手席で固まっていると、ドアを開けた神月に車から降りるよう促された。いまさら抗《あらが》うのもみっともないかと素直に応じ、野原とは違う山の香りをじっくりと味わう。

神月はトランクを開け、スケッチブックと古めかしい木箱を取り出した。画材が入っているらしい。ベンチに座らされ、「これを使いなさい」と手渡される。

昨日から何度も聞いている神月の命令口調は、他人を従えることに慣れた強者のものだった。それでもどうしてか涼やかで軽やかで、まるで服することが当たり前のように感じてしまう。容姿や雰囲気もあるのか、この男にはまったくといっていいほど押しつけがましさがない。

その神月がはじめて押しつけてきたのが、この画材だ。受け取らないわけにもいかない。

木箱を開けると固形の水彩絵の具と、何本かの水筆が入っていた。軸にはしっかりと水が入っているから、放置されていたわけではなく普段使うものだと察せられた。

当然都地が使う画材なのだろう。まだ見ぬ画家は、たまには外で水彩画を描くことができるくらいには元気なのだ。そう思うと少し安堵した。

緊張しながらとりあえずスケッチブックを開いて膝の上に置いた。それから諦め悪く、隣に腰かけた神月に声をかける。

「……ほんとうに描くんですか。あなたの前で？　おれはちょっと、恥ずかしいです」

「そう。ほんとうに描くんだよ？」

神月は素晴らしい笑顔で答えた。先ほどまでとは性質こそ違うが、なかなか強引であることには変わりがない。

「君は私にふたつのお願いをした。都地に会わせること、それから都地の絵を見ることだ。少なくともそのうちのひとつに私は応えたよね。ならば君も私のお願いに応えてくれるだろう」

溜息は嚙み殺した。そう言われてしまえばしかたがないと開き直ることにして、水筆を手に取る。

普段はあまり描かないにせよ、風景画や水彩が不得手というわけではない。それにこの男は画商なのだから、画家が絵を描く姿は見慣れているのだろう。だから別にこれは特別なことではないんだ、神月のほんの気まぐれで深い意味なんてないんだと自分に言い聞かせる。

それでも少し迷ってから、覚悟を決め、固形絵の具を溶かし取った筆をスケッチブックに走らせた。神月は黙って隣に座り湖を眺めていた。じろじろと露骨に観察されないことには僅かばかりほっとする。

湖は美しかった。よく晴れた午前の山間、緑も眩しい木々に囲まれ、水面には小さな鳥たちが訪れている。都地の作品置き場で見た通りの景色だった。

同じようにその美しさをスケッチブックに写し取ろうと、色を作り、タッチを選び、慎重に筆を使う。これは都地の画材であり、ここは都地が見た風景だ。やってできないはずはないだろう。とは思うのに、あの部屋で目にしたような澄んだ絵は見えてこない。

焦りを覚えた。なにせ隣に神月がいる。だからなんとか封じておきたいのに、どうしても陰気な翳がスケッチブックに這い出してしまう。こんな絵を見てよろこぶ画商は、いや、そもそもよろこぶ人間はいないだろう。

美しすぎるからだ、と思った。

この景色が清潔で、優しく、美しすぎて似合わないのだ。とてもではないが自分の手では受け止めきれないのだ。透明な湖の水に足もとからのみ込まれてしまいそうで、勝手に顔が歪んでしまう。

自分には都地の絵が描けない。それをまざまざと思い知らされる。

ふと気がつくと、子どもみたいに強く水筆を握りしめていた。必要以上に毛先へ送り込まれた水が膝に滴ったが、わかったところでどうにもならない。

視線を感じて隣に目を向けたら、神月がそんな自分の様子をじっと見つめていた。

きらめくプラチナブロンドに相応しい綺麗な緑色の瞳がいやに真剣だったものだから、ぞくぞくした。

この男は、呆れている。風景画のひとつもさらさらと描けない駆け出しの画家に、今度こそ幻滅したに違いない。この晴天の下で、そう思うと目の前が暗くなっていくような気がした。

視線を外すこともできず、筆を握りしめたまま力なく神月を見つめ返した。君の絵が好きになったよとあの日せっかく言ってくれた画商の前で、あまりに情けない。このまま消えてしまいたいとさえ願った。

都地に会いたいだなんて頼む資格が、というよりも、自分には絵を描く資格が、ない。

神月はそこでさらりと髪を掻きあげ、ふと優しく友馬に微笑みかけた。どきりとした。この絶望にも似た感情が少しも見えていないはずはないのに、この男はなぜそんなふうに笑うのか。笑ってくれるのか。まったく意味がわからない。

「苦しそうだね」

穏やかに声をかけられても巧く答えられなかった。神月は少しのあいだ友馬を待っていたが、言葉を返せず固まっている姿になにを思ったのか、やはり優しく続けた。

「君の絵には苦悩と渇望が渦巻いている。その渇望を、君は先ほど愛だと言った。ではなぜそれを欲しがるのかな。いまの君には愛がない？　なにをも愛せないし誰からも愛されない？　私はそんなことはないと思うよ」

喘《あえ》ぐように大きく息を吸い、吐いてから、低く返した。

「……いまのおれには愛なんか、ないです」

「君は都地の絵を愛したのではないのかな。君を、君の絵を愛するひとは、ほんとうにどこにもいないのかな」

「そうじゃない。おれの、愛は、おれが欲しい、愛は」

神月の言葉に、不意に混乱が襲ってきた。

そうだ。『まこと』を見て一瞬で虜になったのは、自分だ。まるで恋に落ちるように魅せられた。そして都地に会いたい、話がしたいと祈った。この狂おしいまでの希求は、愛なのだろうか。そんなことをぐるぐると考えたら目の前の景色が遠のいた。

それからあの小さな展示室で、美しい画商はなんと言った？

「伊万里くん、私はね。はじめて君の絵を見たときから、その苦悩と渇望の正体がずっと気になっていたんだよ」

神月は友馬を見つめたままやわらかく言葉を連ねた。いま自分に微笑みかけている男は山間の静かな湖のように、いや、それよりもはるかに美しく優しい。息苦しいくらいにはっきりとそう思った。

「君はキャンバスの中で必死にもがいていた。それに、強く惹かれた。純粋で色濃い苦しみはときにひとをひどく魅了する。共鳴するんだろうね」

「……共鳴」

「そうだ。ねえ君、目の前の景色を見てくれ。この湖は私の目に美しく、優しく、儚く、それから少し切なく映る。君の目にはどんなふうに映っているんだろうね。描くこともできないくらいに、美しいのではないかな。愛おしいのではないかな？　だから、苦しんだろう？」

不意に、水筆をぎゅっと摑んでいた右手を握りしめられた。びくりと身体が揺れた。

あまり強く摑むと水が落ちるよ、筆が壊れるよ、神月にしてみればその程度の意味なのだろう。わかってはいても、堺にこうして絵を教わったときの記憶が鮮やかに蘇ってきて、血の気が引いた。

神月のてのひらは優しくあたたかい。堺とはまったく別のものだ。なのに、こみあげてくる寒気は消えない。

十五歳のとき、行き場もなく途方に暮れているところを堺に拾われた。どんな面倒を押しつけられても、理不尽を突きつけられても文句はない。堺のおかげで生きていられるのだし、絵の指導を受けているのだからそれくらいは受け入れて当然だ。

だが、あの行為だけは。

思わず荒っぽく神月の手を払いのけた。自分が真っ青になっていることはわかったが、どうにもしようがない。

「巧く、言えません。言いたくありません」

細く掠れた情けない声で告げた。神月はしばらく黙って友馬を見つめてから、さりげなく画材を取りあげてベンチを立った。

「言いたくないなら無理には聞かないよ。無遠慮なことを言って申し訳なかった」

穏やかな口調だった。だが、さらりと謝罪されたものだからかえってうろたえた。怒っているようには見えないが内心怒っているのかもしれない。そう思ったら余計に血が冷えた。

いま自分は神月から差しのべられた手を、拒んだ、ことになるのか。

なぜ言えない？　神月に受け入れてほしい、わかってほしいと願ってこの土地まで来たのではなかったか。

キャンバスの裏側まで見抜く眼差しでもう一度自分を見てほしい。こうして、こころの奥まで覗き込むような言葉をまた聞きたかったのではないのか。そこになにかを見つけられると信じたのではないか。

ならばすべてを打ち明けさらけ出すべきだろう。そうしなければわかってもらえるはずもないのに、打ち明けて嫌悪されるのが、怖いのか。

「顔色が悪いね、もう戻ろうか。さあ、乗りなさい」

画材を手に振り向いた神月に声をかけられ、ぎくしゃくと頷いて助手席に座った。いま謝罪すべきはこの男ではなく自分のほうだ。すみません、ごめんなさい、早く謝れ。そうは思うのに喉がからからに渇いて声が出ない。

神月はいたって静かな運転で車を邸宅まで走らせた。そのあいだ、ふたりとも口数は少なかった。いい天気だね、はい、昼食が楽しみだね、はい、せいぜいがその程度だ。

自分の様子を見て気をつかってくれているのか、あるいは呆れて話もしたくないのか。気配を探ってみても判断ができなかった。

神月の横顔には特に不快感のようなものは見受けられないが、この男のことだから真意なんてわからない。

こんなものはただの身勝手だ、そう思った。

わかってくれ見てくれ受け入れてくれとわめいているくせに、一番汚い部分だけは隠そうとする。神月はそれを解放するチャンスをくれた。話をする場所と時間を用意してくれたのだ。なのに、まるで反抗期の子どもみたいにはねのけるなんてどこまで自分は馬鹿なのだ。

この車に乗っているうちに、密室にふたりでいるあいだにちゃんと説明しなくては。いくら自分にそう言い聞かせても言葉は唇から出ていかず、黙って助手席に座っていることしかできなかった。

息苦しい。

自分は神月の好意を、優しさを、臆病さと弱さで無下にしたのだと思った。

邸宅に帰ってからも、なんだか居心地が悪かった。

謝罪をしようにも完全にタイミングを逃してしまった。何度か試みはしたが、巧く話題を操作するなんて能力が突然身につくわけはない。ここでいきなりごめんなさいと頭を下げたところで神月はかえって困るだけだろう。

午後、神月はリビングで仕事をしているようだった。友馬は窓際にある三人がけのソファの端に腰かけて、ひたすらコーヒーを飲んでいた。他にやることもない。

自室にこもるでもなく神月が友馬と同じ部屋にいるのは、厄介な客が面倒を起こさないよう見張るためだったのだと思う。

こんなときにそんな真似ができるほど無神経ではないが、この邸宅に乗り込んできたときには相当非常識だったのでしかたがない。変なことはしないと誓ってみても信用はされないかと情けなくなった。

神月はなにを言うでもなく真剣な顔で書類を睨んでいた。なので余計に声がかけづらかった。ちらちらとその様子をうかがいながら、はたして何杯のコーヒーを空にしただろう。

夕食時には、彼は朗らかに誠也と話をしていた。仲がよいのは確かだと思うが、相変わらず互いに節度をわきまえた、距離のある態度だった。

このふたりは喧嘩《けんか》やら言い争いやらをしないのか、意見が食い違うことはないのだろうか。やはり巧く口も挟めず黙って食事をとりつつ考えた。

一見対等に話をしているようでも、よく観察すれば誠也はいつでもきちんと一歩引いている。たとえ意見が合わなかろうと、それをぶつける前に彼は黙るに違いない。まるで神月の忠実な従者みたいだと思う。

「伊万里くん。大人しいんだね。例のごとく無茶なお願いはないのかな？」

食後、神月からいたずらっぽくそう問われたが、下手くそに「いえ」と返すことしかできなかった。ちゃんと謝って全部説明しなくてはと思っても、誠也が同じテーブルに着いているこの場では無理だろう。

その日は二十一時ごろ、なにを請う前に、使用人の近藤にあっさり客室へ通された。神月の指示だ。帰れない、帰る場所はないと言ったから、いつまでなのかはともかくとりあえず置いてくれるつもりらしい。

昨夜勝手にうろついたおかげか邸宅の迷路も少しばかりはわかってきた。とはいえまだすらすらとは歩けない。それを察したのだろう、近藤は客用のバスルームの場所を友馬に教えたあと、いくらか砕けた口調で言って笑った。

「おれはもう帰りますから、もし迷子になったら大声で叫んでください。多分誠也先生が駆けつけてくれます」

純朴そのものといった表情に妙にほっとして、不器用に笑い返した。

昨日脱いで椅子に置いた服はいつのまにか消えていた。近藤が回収して洗濯をしてくれるシステムらしい。ただの厄介者なのにと申し訳なさを感じながら早々にシャワーを浴び、さっさとベッドに潜った。昨夜あまり眠れなかったから睡眠不足なのは確かだった。

堺のことはあまり思い出さなかった。それよりも、湖で交わした神月とのやりとりが重く脳裏に蘇った。

いま自分の中では堺よりも、すぐそばにいる神月の存在のほうが大きいのかもしれない。そんなことを思った。

許されるならば明日時間をもらってちゃんと話をしよう。そう決意して目を閉じる。

翌朝、前日と同じように近藤に連れられダイニングルームへ行くと、しかし神月の姿はなかった。

誠也がひとりテーブルに着いていて、食事もふたり分しか並べられていない。

「神月さんはどうしたんですか」

つい問うと、眺めていた新聞をたたみながら誠也が答えた。

「神月さんは仕事で数日都内に滞在するそうだよ。画廊で大事な個展があるみたいだから、準備と調整をするんじゃないかな」

「こんなに朝早くからですか」

「ここからだと都内まで車で四時間くらいかかるからね。早く出ても結局あっちに着くのは昼ごろになってしまう。神月さんは自分で車を運転するのが好きだから苦じゃないんだろうけど」

仕事、それはそうだ。神月は商売に長けているようだし、毎日田舎でのんびりすごしているわけはないと納得はした。

しかしこんなところに暮らしていて、用事があるたびにいちいち車を走らせ都会まで出向くのは、どう考えても面倒だ。

それでも神月は不便を厭《いと》わずこの邸宅にいる。すべては都地のために、だ。神月にとっては都内までの片道四時間よりも、都地のそばにいることのほうがはるかに大事なのだろう。

今日こそは神月ときちんと話をしようと思っていたのに、ならば数日はそのチャンスもない。そう思ったら気が抜けてしまった。

早く昨日の態度を謝罪して、それからすべてを打ち明けてしまいたい。事実を告白して軽蔑されるならしかたがないだろう。

食事中に誠也と交わした会話はたわいないものだった。あたりに咲く花の種類を教えられたり、好きな食べものを訊《き》かれたり、その程度だ。面倒な客人の口下手を把握して、誠也が気をつかったのだと思う。

「伊万里くん。今日は一日、僕につきあってくれないか」

だから、食後のコーヒーを飲んでいるときにそう言われたのは少々意外だった。とりとめのない話をしたあとは、てっきり放置されるのかと思っていた。

それが顔に出たのだろう。誠也はどこか困ったように笑った。

「村の集落まで行くんだよ。あそこには医者がいないから、週に一度は顔を出すようにしてるんだ。定期的に診たほうがいい患者もいるし、なにより医者が来るだけでなんとなく安心するだろう？」

「……おれがついていって、なにかできますか。かえって邪魔になるような」

「簡単な手伝いくらいはしてほしいかな、誰でもできるよ。それに、留守のあいだ君を見張っていてくれと神月さんに頼まれてるからね」

洩れそうになった溜息を嚙み殺した。あれだけ強引な真似をしたのだから信用されなくてもしかたがないか、昨日も思ったことをまた考えて肩が落ちる。

それにしても誠也は神月に、実に忠実だ。面倒な客人が父親になにかしたら困るというのも当然あるのだろうが、ずいぶんと真面目に神月の指示に従う。こんな、十年も絵を描くことしかしていなかった人間を連れ出したところで大して役には立たないと思う。

コーヒーカップを空にしてから誠也の車で村の集落へ向かった。誠也は無口というほどではないにせよ、突っ込んだ話をぺらぺらと喋るタイプでもなかった。ただの厄介者に対しても思慮深い。もぞもぞと迷い、自分から話題にすることにした。

「都地先生の体調は、どうですか」

誠也はちらと助手席の友馬に目を向け、すぐに視線を前に戻した。答える声は自然で特に困っているようではない。

「いつもと変わりないよ。でなければ、僕は家を出られない」

「先生はどんな病気なんですか。いえ……無理に、聞き出したいわけではないんですけど」

友馬の問いに、誠也はやはりこれといって拒む様子もなくさらりと病名を口に出した。聞いたことがあるようなないような単語で、医学に詳しくもないからよくわからない。

友馬の困惑が伝わったらしく、誠也はあっさりと説明した。

「ああごめん、知らないよね。簡単に言うと、全身の筋力が次第に衰えていく進行性の病気だよ」

「進行性、ですか」

「そうだ。いきなり悪くなるものじゃなくて、何年もの時間をかけてゆっくりと症状が進む。父が発病したのはもう十年も前になるね」

ならば、神月と出会った数年後ということになるのか。

複雑な感情が湧きあがった。惚れ込んだ画家の病気がわかったとき、神月はどんな思いを抱いたのだろう。

少しのあいだ言葉に悩んでから訊ねた。

「その、なんとかという病気は、治らないんですか」

言ってから、あまりに配慮に欠けた質問だったとすぐに後悔した。しかし誠也はいたって冷静に答えてくれた。

「完治はしないだろうね。できるのは進行を遅らせることだけだ。そういう疾患だから」

「なにかの間違いということはないんですか。誤診ってあるみたいだし」

「僕もできれば、僕の認識が間違いであってほしいけどね。数値は嘘をつかないよ」

誠也の声には、哀《かな》しみや諦めというよりも、なにかを悟ったような潔さが含まれていた。だからそれ以上は言えなくなった。神月と同じくらいに、あるいはそれ以上に、都地の病は誠也にとって重いものだろう。

また少し間を置いてから話題を変えた。

「都地先生はどんなひとなんですか」

「そうだな。優しいよ。とても優しくて、繊細で、それから愛情深いね」

友馬の問いに答える誠也の声は、やわらかかった。都地は誠也にとって自慢の父親なのだ、だから彼の話をするのは決していやではないのだろうなと思った。

「前にも言ったけど、ひとづきあいは得意じゃない。というよりはすごく苦手だな。父は多分優しすぎて、他人との距離を巧く取ることができないんだと思う。症状がまだ悪くないころ僕ら家族は都内に住んでいたんだけど、ひとが多くて苦労したろうね。でも、家庭ではいつもにこにこ笑ってたよ」

「誠也さんのお母さんは、いまどこにいるんですか」

「母は、父が発病してすぐに事故で亡くなってしまった。だからいま父の家族は僕だけだ。母が亡くなったときにはショックだったけど、彼女は父が次第に弱っていく姿を見ずにすんだわけだから、もしかしたらしあわせだったのかもしれないね」

胸が痛くなるような話に、今度こそ返す言葉は出てこなかった。では、家族という意味では誠也はたったひとりで病状が進行していく父親を見守っているのか。どんな気持ちなのだろう。自分の家族は嘘みたいにあっさり消えてしまった。だから誠也の心境を理解することはできなかった。

会話が途切れたころに、ぽつぽつと散らばる民家が見えてきた。誠也が古びた平屋の前に車を停めると、中から顔を出したひとりの老人がよろよろと歩み寄ってきた。足腰が不自由なのだろう。

老人は誠也の手を摑み、家内のために今日も来てくれてありがとう、としわがれた声で言って深く頭を下げた。

「お礼なんていりませんよ、当然のことだから。じゃあちょっと診ましょうか」

誠也が浮かべる穏やかな笑顔は、仕事上というよりは彼元来の性格が滲み出ているものに思えた。

どうしたらいいのかわからず助手席のドアの前で突っ立っていると、「後部座席に鞄があるから持ってきてくれ」と指示された。慌てて従い、老人に手を貸して平屋に入っていく誠也に続く。

家の中にはあまりものがなく埃《ほこり》っぽかった。その一室に平たい布団が敷いてあり、年老いた女性がひとり横になっている。見る限り他に家族がいるようではないし、ならば掃除もままならないのかもしれない。

調子はどうですか、食事はとれますか。はっきりとした声で訊ねながら脈を測る誠也を見て、確かに医者なんだなといまさらのように思った。

言われるままに重たい医療鞄からカルテだとか血圧計だとかを取り出し、あわあわと誠也に手渡した。勝手がわからずまごついても、彼は苛立《いらだ》つ様子は見せなかった。人間ができているとはこういう男のことをいうのかと感心してしまう。

薬をいくつか手渡し立ちあがった誠也のあとについて平屋を出ると、数人の村人が外で待っていた。いずれも高齢者といって差し支えない年齢に見える。

待ってたんだ、うちにも来てくれ、口々に訴えるひとびとに頷く誠也は、この村の救いみたいなものなのだろう。彼をさして頼りにされるお医者様だと評したのは神月だった。

請われるままに誠也は村を歩き回り、何人もの病人や怪我人を診た。疲れた様子は見せず誰に対しても誠実に接する。誠也くんはいつでも優しいよと言ったのも神月だ。彼の言葉は事実だと、心許《もと》ない手つきで懸命に手伝いながら実感した。

この男の優しさは父親譲りなのかもしれない。神月の邸宅には優しい人間が集まっている。村に暮らしているのはほとんどが年寄りで、若者は少なかった。いまは田舎の村なんてこういうところが多いのだろう。

誠也は村人から金を受け取ることはなかった。これではまともに医者としての稼ぎもない。やはり都地のみならず誠也の生活も神月が支えているのか。精一杯なのだろう金額を差し出されても、そこだけは強く拒否する誠也を見ながらそう思った。

途中、村では珍しい壮年の男が暮らす民家で昼食を出された。都会の料理に慣れた目には粗末な食事に見えたが、村ではたいそうなご馳走であるに違いない。誠也はこれは断らず、友馬を誘いおいしそうに食べて丁寧に礼を言った。

それから午後も誠也は診察を続け、帰路についたときには十八時くらいになっていた。いつのまにかもう夕方だ。ただおろおろと手伝いをしていただけで、これといってなにをしたわけでもないのに、慣れないせいか少々疲れた。

「ありがとう、伊万里くん。助かったよ」

ハンドルを握る誠也に礼を言われたので、焦って首を横に振った。そこまでの働きはできなかったと思う。というよりは足手まといだったかもしれない。

「いえ、あまり役に立たなくてすみません。お医者さんもたいへんなんですね」

思ったままを零すと、誠也は穏やかに笑った。半分くたりとしている友馬とは違い疲れている様子はない。

「そうでもないよ。それに、せっかく医者になったんだから、ひとの役には立ちたいしね」

参りましたと頭を下げたくなるくらいに真面目だ。いわゆるいいひととは、こういう男をさすのかもしれないと思った。

「誠也さんは都地先生のために医者になったんですか。先生が発病したときに会社を辞めて医学部に行ったと神月さんが言ってました」

「そうだよ。僕が自分で父を診たいと思ったんだ。父の疾患のことを正しく理解したかった。誰かに任せてもきっと僕自身が納得できないだろうから」

友馬の問いに答える誠也の声には迷いがなかった。やはり、あまりに献身的だ。普通そこまでできるのか、そんな疑問がまた頭に湧いた。

しばらく口を閉じたまま考えてから、巧くもない言葉を呟いた。

「……あなたは都地先生が、とても大事なんですね」

それまでやわらかな表情をしていた誠也が、ふと複雑な色を横顔に掠めさせたのはそのときだった。なぜここでそんな顔をするのかとついまじまじ見つめてしまう。

誠也もまた少しのあいだ黙ってから、静かに答えた。

「父親だからね。僕は父を愛しているし、尊敬もしてるよ。ひととして、それから、画家として」

「あなたは絵を描かないいんですか。環境も材料もそろってたと思いますけど」

「ああ。残念ながら僕には絵を描く才能がないようだ。子どものころはちょっと描いてみたりもしたけど、まったく駄目だね。それに関しては父の血を受け継げなかったな」

友馬の言葉に誠也は苦笑した。一瞬の複雑な表情はもうどこにもうかがえなかった。だから、自分の勘違いであったのだろうと思うことにしてフロントガラスへ視線を戻す。

だが次に、らしくないくらい強い声で誠也がこう言ったものだから、また彼の横顔へ目を向けてしまった。

「僕が父のためにできるのは、診ることだけなんだよ」

真っ直ぐに前を見つめる決意を秘めた眼差しに、返す言葉は考えつかなかった。こんなときに下手なセリフを言うわけにはいかない。この男はすべてを捨ててこうも不便な場所で父親のために生きることに不満はないのだ、そう思った。

はたから見れば不思議なようにも感じてしまう。自己犠牲にすぎるのではないか、そんな疑問も浮かぶ。しかし誠也にとっては不思議でもなんでもない、当然のことなのかもしれない。

家族が生きていれば自分はここまでできるだろうか。誠也の横顔を見ながら考えても、彼らとすごしたころの記憶は遠くて答えが見つからなかった。


その夜も邸宅で眠り、翌日は誠也とふたりで朝食をとった。

数日をすごしただけだが、この洋館や充ちる空気になんだか慣れてきたような気がする。

誠也は友馬に出ていけと言うことはなかったが、「ここにいても、ほんとうに父に会わせてあげることはできないんだよ」と何度か丁寧に諭した。それからどこか申し訳なさそうな顔をして、ごめんねと付け足す。

無理を言って居候をしているのは自分なのに、そんな顔をされたらどうしていいのかわからなかった。おれのほうがごめんなさいとオウムみたいに返しても、誠也の表情は晴れない。

このままではほんとうに役立たずにもほどがある。ただぼうっとしているのも気が引けるので、家事を手伝うことにした。

「お客様にそんなことはさせられませんよ」

同じ年代だろう使用人の近藤ははじめこそ大げさに拒んだが、友馬がこう頼んだら素直に嬉しそうな顔をした。

「おれは客じゃないですから。ただの居候だし、暇だし、なにもしないとかえっていづらくて。だから、お願いします」

仕事の補佐ができたことよりも、近藤はこの邸宅で話し相手ができたことをよろこんだのかもしれない。

最初に見たときにはもっとかたい男なのかと感じたが、一度親しくなってしまえば近藤は話し好きで気さくな青年だった。口下手な友馬を気づかうというよりは気にもしないように、よく喋る。それが彼なりの優しさなのかもしれないと思った。

ふたりで洗濯物を片づけながらあれこれと世間話をした。それによると、近藤は昨日誠也と訪れた集落で暮らす村人であるらしい。ここ半年ばかりは神月の邸宅で仕事をしているという。

「神月さんにも、誠也先生にも、みんな感謝してますよ」

よく晴れた空の下、屋上でバスタオルを干しながら近藤はそう言った。ハーブが植えられたプランターの列をなんとか避け、くるくるとよく働く近藤にせっせとタオルを渡しつつ頷いて聞く。

「本宅のほうが集落に近いけど、精神的な距離みたいなのはここに暮らす神月さんのほうが近いと思います。お金だったり仕事だったり、困れば助けてくれるから。誠也先生は週に一度は村に顔を出してくれるし、年寄り連中も心強いでしょ」

「近藤さんは、神月さんがどうしてここに住んでいるのか知ってますか」

「さあ？　詳しいことは知りません。おれが詮索するのもおかしいし。なんか、偉い画家先生が離れで暮らしてるって聞いてますけど、おれは近づくなと言われてますから。生活の世話も食事の手配も誠也先生がやってるみたいですよ、専門的な知識がいるんじゃないですかね。洗濯物はおれだけど」

なるほど、都地の離れには使用人ですら踏み込めないのか。

村が困れば助けてくれるというのは神月らしいなと思った。あの男はおそらく、誰かが窮したり弱ったりしていると放っておけない性分なのだ。だからこそ行き場のない自分を追い出さずここに置いてくれるのだろう。

この邸宅に暮らす人間は優しい、そんなことをまた考えた。

誠也はいつかの神月と同じくリビングで医学書を広げ、なにやら仕事をしているようだった。掃除をしますのでと言っても、どうぞ構わずにやってくれと答える。

自室に引きあげてしまえば自分を見張れないということなのだろう。ハンディモップで埃を取っている横顔にさりげない誠也の視線を感じた。近藤もいるのだしいい加減に信用してくれと言いたくもなるが、彼はただ神月の指示に従っているだけかとも思えば口をつぐむしかない。

近藤と一緒に昼食を作りテーブルへ並べた。誠也と一緒に食べ、食後に、豆の量に悩みながらいれたコーヒーを出す。

誠也は食後の休憩時間なのかリラックスしている様子だった。

「伊万里くんは家事が得意なんだね。僕はちょっと苦手だから羨《うらや》ましいよ」

家事が苦手だという男がなにからなにまでひとりで都地の世話をしているのか。それは相当たいへんだろうなと単純に思った。とはいえ、手伝いますと言える立場ではない。

ひとくちコーヒーを啜り、差し出がましい申し出はのみ込んで答えた。

「堺先生のところではよくやりますから。いくらがんばっても、すっかり世話になってるお返しにはならないですけど。迷惑をかけてすみません」

「僕には君になにがあったのかはわからない。でも、帰る場所がないと言ってたのはほんとうなんだろう？　ならばしかたないし、別に迷惑はかけられてないよ。それに、神月さんが無理には追い返さないんだから、構わないんじゃないかな。だったら僕がどうこう言うことじゃない」

この邸宅の主は、神月だ。不在であれそれは絶対だということなのだろう。

それからいくらかの間を置き、誠也は言い聞かせる口調で続けた。

「でも、いつまでもこんな田舎にいないで、もっと便利な場所で暮らしたほうがいいとは思うよ。若い画家ならあちこち歩いて売り込む時期だよね。どうせ父には会わせられないんだ。もし帰る場所がないのなら、神月さんに頼んで探してもらえばいい。ここにいたって君のためにはならないよ」

答えに困ってしまった。この男はほんとうに自分のことを考えて助言している、そう思うと頑なにはねのけられない。

しかし、はいそうですねと手ぶらで帰るわけにはいかなかった。いまなにも得られず都会に戻っても、自分が描く絵は変わらない。陰気で陰鬱なままだ。到底都地のような絵は生み出せない。『まこと』は描けない。

神月にすべてを打ち明けたい。この姿を見てほしい。そのうえで彼に引導を渡されるのならばしかたがないが、それまでは諦めきれない。

「神月さんはまだ帰ってこないんですか」

神月の名が出たので、流れで訊ねた。誠也は僅かに首をひねって返事をした。

「そうだな。普段ならそろそろ帰ってくるころだ。個展の準備だけならもう終わるだろうけど、まだ電話はないね。まあ神月さんはなにごとも直前にならないと連絡してこないタイプだから」

「そうですか」

落胆は隠した。神月は大して気にしていないのかもしれない。にせよ、湖で気まずい会話をしたきり何日も会えないままでいるのはこたえる。早く話がしたいという焦りのようなものを感じた。

神月はあのときなにを考えたろう、自分に対してなにを思ったのだろう。

少しためらってから、曖昧な言葉で問うた。

「神月さんは、どんなひとなんですか」

友馬の見間違いでないのなら、誠也はそこでなんとなく困ったように笑った。

「どんなひと？　君の見た通りだと思うよ、僕があれこれ説明するのもおかしいだろう。まあ、優しくて紳士的で、華やかなひとであるのは確かかな」

「そう、ですね」

「それから、本来ならもっとたくさんのひとを動かす場にいるべきひと、かな？　僕が言えるのはその程度だよ」

本来なら、か。つまり誠也はいまの神月は、ひとを動かす場にいないと言いたいのだろう。それはこの土地がという意味なのか、あるいは立場がという意味か。口を閉じて考える。

たくさんの人間の上に立つべき男は、都地のためにこんな不便な田舎で暮らしている。

声に出すべきかこころにしまっておくべきか、しばらく悩んでから結局は思ったままを訊ねた。

「神月さんは都地先生とはどういう関係なんですか。画商と画家というのはわかりますけど、なんだか親身になりすぎのような……神月さんは生活のすべてを都地先生に合わせてるわけだし」

「ああ。神月さんは父を大切にしているからね」

誠也は今度こそはっきりと困った顔になって、簡単な言葉で答えた。

説明になっていないような気がした。神月も誠也も、この邸宅に暮らす人間はときどき都地について微妙にはぐらかすところがあると思う。

つい「大切にですか」とくり返したら、誠也はコーヒーカップをテーブルに置ききっちりと視線を合わせてきた。怒るでも脅すでもない眼差しだったが、誠也にしては強い目をしていた。

「神月さんは父の絵に惚れたんだろう。僕は絵が描けないけど、絵に惚れる気持ちはわかるよ。それが父の絵であるならなおさらわかる。父に会いたいと、こんな田舎にまでやってきた伊万里くんにもわかるんじゃないのかな」

　惚れたという単純なひとことに、またあの疑問、というよりは疑惑がぐつぐつと腹の中で沸き立った。はじめてこの邸宅を訪れた夜に感じ、以来持て余していた懐疑だ。

　誠也にならってカップをテーブルに戻してから、それを口に出した。

「絵に、だけですか」

　問うような表情を返されたので、いま自分は相当変な顔をしているのだろうなとは思いながら言葉を続けた。

「いくら絵に惚れたからって、ここまでするんですか。神月さんが画商になったのも、十数年前に都地先生に出会ったからなんでしょう？　おれにはちょっと理解できないです」

「絵を描くということは、人生をかけることなんじゃないのかな。父もそうだし、それに惚れるのはおかしいかい？　君だって人生をかけているんだろう」

「それはそうです。絵はおれの人生です。でもそれはおれが画家、の駆け出しだからで、画商ってもっと商売気があるんじゃないですか。神月さんは広く仕事をしてるし、稼ぎもいいやり手だと聞きました。なのに、ここにいる。少し不自然に感じます」

　誠也は目をそらし、返事に悩むように黙った。自らよく喋るほうではないが、訊けばさらさらと答える男が珍しいと思った。

ここまで言ってしまえばいまさら引けない。そろそろと切り出してはみたものの、言葉はところどころで詰まった。

「神月さんは都地先生そのものに、惚れているんじゃないかと思うことが、あって」

「そのもの？」

「都地先生のことが、ただ好きなのかと。たとえば、愛人、とか。いえ、恋人とか？」

声に出してから、あまりに露骨すぎたかと早口で言い直した。誠也はそこで友馬に視線を戻して、半ば呆れたように笑った。

この男でもこんな顔をするのか。はじめて見る表情だと思った。

「それはないんじゃないかな。そんな込み入ったことは本人たちにしかわからないけど、一緒に暮らしていて僕が彼らを恋人同士だと感じたことはないよ」

それでも、丁寧な口調で答えてくれたのでほっとした。特に怒ってはいないらしい。

とはいえ呆れられてしまえばこれ以上は突っ込めない。すっきりとは消えない疑念をとりあえずは頭の中にしまい、せっかく思いついた単語はそのまま使って話題を少しだけ変えた。

「神月さんて綺麗だし優しいし、もてそうですけど、恋人っていないんでしょうか」

誠也はくすりと笑った。おそらくいま自分はおかしな表情をしているだろうから、それが面白かったのかもしれない。あるいは男を綺麗だと形容したことが妙だったか、なんだか急に恥ずかしくなってうつむき視線を外す。

神月に恋人がいようがいまいが自分には関係ないはずなのに、想像するとどうにも胸のあたりがもやもやした。なぜだかはわからない。

「さあ。それこそ本人しか知らないことだよ。でも、いまはいないんじゃないかな？　神月さんがまだ都内で暮らしていたときには女も男も噂は聞いたけど、ここに来てからはまったく聞かないね」

しかし、誠也が発した言葉のひとつについ顔を上げてしまった。

「……男、もですか」

「神月さんはわりと自由なひとだと思うよ。性別とか気にしなさそうだよね、そんな感じがしないかい？」

そうですねとも答えられず、今度こそ黙り込むしかなかった。自分がみっともなくしかめ面をしていることはわかっても直すに直せない。

神月は世にいうところのバイセクシュアルなのか。ならば、都地の愛人でもおかしくない、その疑惑がますます強くなる。

それじゃあ仕事をしようかなと誠也にさりげなく促されたので、慌ててテーブルから食器を片づけた。近藤と一緒にキッチンで洗い物をするが、こころここにあらずで何度か皿を取り落としそうになった。

神月と都地がそのような関係にあったらとても許容できない、最初はそう思った。

それから、もしそこに愛があるのなら、自分のように汚れていないのなら美しいのかもしれない。そんなふうにも考えた。

しかしいま頭の中に渦巻くのはもっと複雑な感情だった。プラチナブロンドをシーツに散らし、緑色の瞳へ誘惑の熱をともす美しい男の姿を想像して眉が歪む。

顔も見えない男が神月に覆いかぶさる。彼は嬉しそうにくすくすと笑っている。頬《ほお》に手が触れる、指先がボタンを弾《はじ》く、そんなシーンを脳裏に描いたらなぜがひどくこころが軋んだ。湧きあがったものは、あって当たり前の嫌悪、ではないように思えた。とはいえ欲情でもないし羨望でもない。なんだかの胸のあたりが痛い。この痛みはなんだろう。

自分でも理解できない感情を持て余しながら、近藤とともに家事をしてすごした。ようやく誠也にこう告げられたのは翌日、神月が留守にしてから三日目の夕食のときだった。

「神月さんから連絡があったよ。画廊での仕事は一段落したそうだから、明日には帰ってくるんじゃないかな」

ゆらゆらと揺れていたこころが途端に弾むのを感じた。ようやく神月に会えるのか、美しい姿や華やかな笑みが見られるのか。そう思ったら鮮やかなインクでもぶちまけたみたいに胸が躍った。

ならば明日こそちゃんと彼に謝罪をしなくては。それからすべてを打ち明けてしまおう、村に戻る近藤を見送り客室へ引きあげながら決意する。

汚い部分も醜い姿もさらけ出すから、神月に見てもらいたい。

当然わかってほしいし受け入れてほしい、そして都地に会わせてほしかった。だが、神月に拒絶されたらそれはもうやむをえない。このまま黙って居座っていてもなにも変わりはしない。

都地には会えず神月の前では気まずくて、ぐずぐずと隠し事を腹の中に飼い続ける。そんな日々を続けるくらいなら、ほんとうにこの邸宅から追い出されたほうがましだろう。

その夜、久しぶりに悪夢を見たのは、数日のあいだ神月と顔を合わせていなかったせいなのだと思う。

彼のそばにいたのは僅かな時間であったのに、頭を占めるあの記憶はどこか遠くなっていた。それほどに神月の存在は友馬にとって濃く、大きいものになっていたのだろう。

それに、湖をあとにしてからは罪悪感も焦りもあった。なにより彼に打ち明けたい内容が内容なのだからしかたがない。

夢の中で肌を這い回るてのひらの感触はあまりにもリアルだった。しつこいくらいの指先は自分のためというよりも、堺自身が生《い》け贄《にえ》を食らいやすいようにするためだったのだと思う。

息を止めて違和感をのみ込みながら見あげた彼の目には熱もなく、だが同時に冷ややかさもなかった。淡白だ。計算だったのか、発散だったのか、あの男がどうして飽きもせずあんな行為をくり返していたのかはわからない。だから余計に苦しかった。

もし愛を囁《ささや》かれれば似たセリフを探すこともできたのかもしれない。あるいは残酷に虐げられたなら完全にこころを閉ざせたろう。

しかしあの男が何度も告げたのはこの言葉だけだった。

——おまえには行き場などない、ここにいるしかない。

食い込む肉が奥深くで脈打つのを感じた、その瞬間に悲鳴を上げて飛び起きた。情けない声で叫んだことはわかったが、自分の耳にはよく聞こえなかった。はあはあと乱れる呼吸を抑え込むこともできない。

ここは堺と暮らす一軒家ではない、神月の邸宅だ。広い洋館の客室で、心地のよいベッドだ。あの恥辱にまみれた空間ではないのだ。いくらそう自分に言い聞かせても混乱はまったく去らなかった。

堺がいる。堺が見ている。堺が、触れている。

ナイトウェアの下でじっとりといやな汗を掻いていた。鼓動は跳ねあがり、身体ががたがたと震えて止めようにも止められない。小刻みに揺れる視線に映るものは、堺のあの淡白な目だった。

清涼な緑で澄んでいるはずの空気は濁り、いくら吸い込んでも汚らしく肺にこびりつく。

逃げられない。逃げたい、逃げたい、助けてくれ。

客室のドアが開いたのは、そのときだった。はっと目を向けると、スーツ姿の神月が立っていた。暗い邸宅の中でも仄かな常夜灯の明かりを受け、プラチナブランドがきらきらと美しい。

震える身体を両手で抱きしめたまま彼を見つめた。声は出なかった。神月はその友馬に静かな視線を返した。

「三日間も留守にして申し訳なかった。仕事が終わってすぐに都内を出て、車を飛ばして帰ってきたんだ」

神月の声は優しくやわらかかった。驚いているようでもなければ不審がってもいない。

「湖に行ったときの、君の様子が気になってね。だから早く戻りたかったんだよ。でも少し、遅かったかな？」

大丈夫です、気にしないでください、とちゃんと答えなくては。それからあのときの態度を謝って、きちんと話をして。そうは思うのにやはり声も出なければ震えも止まらなかった。

神月の姿を見て自分はきっと少し安心したのだろう。だからこそあのおぞましい記憶が皮膚の内側に余計あふれ返るのだ。そんなことを感じた。

「悲鳴が聞こえたから、ノックもせずにドアを開けてしまった。ごめんね。伊万里くん、そうも震えてどうしたのかな」

「おれ、は、ゆめ。を」

なんとか口を開いたもののまともな言葉は出てこない。ドアの前に立ったまま、神月はしばらくそんな友馬を見つめていた。

それから、ためらいもなく部屋に踏み込みベッドへ歩み寄ってきて、優美な所作で身を屈《かが》めた。

まるでそうすることが当たり前であるかのように抱きしめられて目を見開く。驚いて咄嗟の、反射的な抵抗さえできなかった。

「怖くないよ」

神月の抱擁はあまりにも優しかった。そのあたたかさに、堺の感触が肌からすっと消えていくのがわかった。まるで魔法にかけられたみたいで、自分で自分に驚いてしまう。

「怖くない。怖くないよ。もう大丈夫だ、怖くない」

くり返し囁く神月の指にそっと髪を撫でられた。繊細な壊れ物に触れるときのような、慎重な手つきだった。

喉と目のあたりがかっと熱くなった。涙が顎《あご》から滴り落ちるのを感じて、自分は泣いているのかとさらにびっくりする。

泣いたのなんて十年前に家族が死んだとき以来だ。なんとか止めようと息を喘がせるが、喉は引きつれるばかりで涙はますますあふれていく。みっともない、格好悪い、そう思うのに止められなかった。

神月は特に動揺も見せなかった。なにを言うこともなく、ただ丁寧に友馬の髪を撫でている。

堺にはこんなふうにされたことはなかった。自分はほんとうはこの優しい抱擁と愛撫《あいぶ》が欲しかったのかもしれない。はらはらと涙を零しながらそんなことを考えた。

話すならいまだ。話してしまえ。順序も考えられない頭の中で探した言葉を、途切れ途切れに声に

出す。

「……十五歳のときに、家族が事故で死に、ました。他に身寄りもいなかったし、おれはどうしたらいいのか、わからなかった」

前置きもなく喋り出した友馬の唐突な話題にも、神月は驚きを示さなかった。聞き返すこともなく遮りもせず黙って聞いている。

それに促されるように、たどたどしく言葉を続けた。

「そのときに、おれが中学の絵画コンクールで描いた絵を見たと堺先生が現れて、おれを助けてくれました。住む場所も食べるものもくれたし、高校にも行かせてくれました。それから、絵を、教えてくれました。おれは絵を描くのが好きだった、から、嬉しかった」

巧く話せない。それでも全部打ち明けてしまいたい。これで神月に伝わるのだろうか、伝わってくれ、ほとんど祈るような気持ちで涙に掠れた声を出した。

自分がどうやって生きてきたのか、どのように生きているのか、この男に知ってもらいたい。

「感謝して、いたんです。そうじゃない、いまだって感謝してます。でも、どうしても」

しかし、そこで言葉に詰まってしまった。これ以上喋っていいのだろうか。ほんとうにさらけ出していいのか。恐怖のようなものがこみあげてくる。

神月は口を挟まず、続きをただ待っているようだった。片腕で友馬を緩く抱き、片手で髪を撫でている。

この男は自分がすべて吐き出すまでこうして聞いてくれるつもりなのだろう。

「……高校を出たころから、堺先生はおれを、抱くようになりました」

ならばすべてをつまびらかにしてしまうべきだ。思いきって口に出したが、どうしても声は震えた。

「無理やり、おかすとか、じゃないです。意地悪なことなんかされません。でも、おれは、いやでした。いやです。だけど、おれにセックスを拒む権利なんか、ないから。だっておれは堺先生に命を助けられたから。絵を、描かせてもらえるから」

神月はやはりなにを言うこともなく静かに聞いていた。腕を解かれたり嫌悪をあらわにされたりしなかったことには、ほっとした。

こんな話を聞かされて、この男はなにを感じているのだろう。面《おもて》に出さないだけで、ほんとうはうんざりしているのかもしれない。そう思うと怖かったが、黙っているよりは打ち明けて追い出されたほうがましだ、何度もそんなふうに考えたではないかと自分に言い聞かせる。

「それでもどうしても、いやで、絵を描けばそれが全部出てしまう。おれはそういう自分の絵は、好きになれません。そんなときに『まこと』を見ました。愛があふれてた。おれが欲しかったのは、こういう愛なんだと思いました。優しくてあたたかくて、おれの知らない、愛だ。それを、描きたい」

そこまで言ってから、やっと口を閉じた。途端により色濃い不安が、ベッドに座り込む足もとから頭の中にまで這いあがってきた。

追い出されたほうがましだ、としても、この男からいま、冷たく遠ざけられたら自分はどうなるのだろう。

神月は友馬のおぼつかない告白を最後まで黙って聞いた。それから両手を友馬の背に回し、ますます強く抱きしめた。息もできないような抱擁だった。

目の前がくらくらした。

この男はこんな話を聞かされても自分を軽蔑しないのか。汚いと思わないのか？

「つらかったんだね」

耳元に囁かれる声はいつも通り、というより、いつもよりもさらに優しかった。

「もう大丈夫だよ。この家には君を脅かす人間などいない。君のいやがることをする人間はいない。だから、安心して、眠りなさい」

火でもついたように胸が熱くなった。神月はわかってくれるのだ、受け入れてくれるのだ。そう思ったら消しようもないよろこびがこみあげてきた。

神月に不器用にしがみつき、嗚咽《おえつ》を洩らして泣いた。ひとに抱きしめられることなんて、それからひとを抱きしめることなんて、そういえばもう十年も前からなかった。そんなことにようやく気がつく。

堺はこんな行為は決してしなかった。淡々と組み敷いて淡々と入ってくるだけだ。

ひとしきり泣いて少しは落ち着くと、今度は頬がひどく熱くなった。甘えてしまった。この男が優しいからといって、あまりにも甘えすぎた。そう思ったらいたたまれなくなった。

そろそろと身体を離して「ごめんなさい」と力なく告げると、神月はにこりと笑った。ベッドの端に座り、もう一度友馬の髪を撫でる。今度の愛撫はただ慎重というよりも、どこかに頼もしさを感じさせるようなあたたかいものだった。

ひとつ深呼吸をして彼の手に素直に酔った。しばらくふたり黙ったまま、いやに濃密な部屋の空気を味わっていた。この沈黙すらもあたたかいと思う。

それから神月は友馬の顔を覗き込み、静かに訊ねた。

「もう眠れるかな？」

ぎこちなく頷いて返したら、彼はあっさりベッドから立ちあがった。綺麗な姿勢で真っ直ぐにドアへと歩く。

さみしい。離れていく神月の背を見てそんなことを感じた自分に気がつき、うろたえ情けなくなった。

猫や犬でもあるまいし、いつまでもちょろちょろと主の足もとにじゃれついているわけにもいかない。そもそも神月は都内から帰ってきたばかりで疲れているのだ。早く解放しなければ彼の眠る時間もなくなってしまう。

しかし神月は、ドアを開けたところでふと振り返った。こころを見抜かれたのかと身体を強張らせている友馬に、優しく声をかける。

「伊万里くん。君の絵をはじめて見たときからね、私は君を助けたいとずっと思っているんだよ。その苦悩から引っぱり出してあげたい、渇望するならかなえてあげたい。そうして救ってあげたい、いつでも笑っていられるようにしてあげたい。私に共鳴されるのは、君、いやかな？」

咄嗟には答えられなかった。共鳴、湖でも神月はそう言ったが、その意味がよくわからなかった。そもそもこの男には自分に共鳴する要素などないと思う。

そして、助けてあげたい救ってあげたいとまでこの男に言わせるなにかが自分にあるのかも、わからない。

うろたえは顔に出ていただろう。神月はその友馬にくすりと彼らしく笑ってから部屋を出ていった。ゆっくりと閉まるドアを見つめ、力が抜ける。

ベッドに座り込んだまま両手で自分の顔を覆った。神月の言葉にこころがひどく揺れている、それは自覚できた。

あの画廊で、荒《すさ》んだ日々に現れた美しい男に、自分は惹かれはじめているのかもしれない。そうではないか。彼のそばにいるとなぜか胸が高鳴った。香水のにおいに意識を奪われた、隠した感情まであっけなく見抜く緑色の瞳に何度も見入った。その理由に薄々感づいていたくせに知らないふりをしていた。

惹かれはじめているのではない。もう、とうに惹かれている。

それからしばらくを神月の邸宅ですごした。

この洋館に押しかけたのは五月になったばかりのころ、それがもう月も終わりだ。いつのまにか一か月近くここで生活していることになる。

使用人の近藤とは大分打ち解けた。喋ることが得意ではない友馬は相変わらず聞き役だが、毎日ふたりで世間話をしながら家事をする。そうこうするうちに邸宅の迷路にも慣れた。もう迷子にはならずにすみそうだとそれには満足する。

充ち足りた楽しい生活だった。神月は友馬の作る食事を大いに気に入ったようで、いつでもおいしそうに食べては笑顔で礼を言ってくれる。それがまた嬉しかった。

「伊万里くん。君を都地に会わせてあげることはできないんだよ。まだ諦めないのかい？」

神月に幾度かくり返されても曖昧に頷くしかなかった。都地の生活する離れに近づくことはまだ許されていない。単純に体調が悪いのか、あるいは、ひとづきあいが苦手らしい都地に会わせられるほどには信用されていないのか。

もし前者であるのならば面倒を見る誠也は苦労しているだろう。ならばどんなことでも手伝いたいのに、誠也に要求されることはなかったし自分から切り出すのも気が引けた。

「私は君の料理が食べられて嬉しいよ。近藤くんと一緒に、楽しそうに家事をしている姿を見られるのも嬉しい。だが、君は家事をするために画家になったわけではないよね。画家はまずなによりも、絵を描かなければならない」

誠実に言い聞かせながら、しかし神月は、友馬を追い出すつもりはないようだった。居候が自ら出ていくのを待っているのだろうか、そう思うと胸がちりちり痛くなる。

都地と話がしたい、姿が見たい、その気持ちはもちろん変わらず強かった。だが、自分の中のウエイトが、都地に会いたいという思いから、神月のそばにいたいという願いに傾いていることを認めざるをえなかった。

あの夜、客室のベッドで抱きしめられてはっきりと自覚してしまった。自分は神月に惹かれている。おそらくはこれを、惚れている、恋をしているというのだろう。

子どものころにはそんな言葉に憧れたこともあったかもしれない。しかし、覚えている限り誰かに切実な恋をしたことなんて、いままで一度もなかった。

もう一度抱きしめられたい、髪を撫でてほしい。それがかなわないのならせめて彼の華やかな笑みを見つめていたい。

神月は忙しい時期なのか、五月半ばをすぎたころからほぼ毎日のように、早朝から仕事で都内へと出向いていた。それでも必ず夜には邸宅に帰ってくる。

片道四時間、往復だと八時間も彼は車の運転席に座っているわけだ。免許は持っていないので想像するしかないが、自分だったらうんざりしてしまうだろう。

神月が邸宅に戻るのは大抵近藤が引きあげてしまったあとだった。だから、夕食もとらずに帰ってくる彼のために、友馬が夜食の準備をするのがいつのまにかの習慣になっていた。よい思い出など大してないにせよ、堺の家で料理を覚えておいてよかったなんてことを思う。

きっと神月は、自分がまたひとり夜中に泣くようなことがないかと心配してくれているのだろう。そうでないのなら、彼が毎日こんな田舎まで戻ってくる理由がわからない。いつかのように都内で連泊したほうが、どう考えても楽だ。

許されている、受け入れられている、そして気づかわれている。そう思うと嬉しかったし、よろこびも感じた。

神月にとってはたいへんな生活だろう。しかし彼は愚痴のひとつも言わずに、友馬の用意した食事をとってきちんと礼を述べた。おいしいよ、ありがとうと笑った。

なんだかこれでは愛されているようだ。自惚《うぬぼ》れるな、思いあがるなと言い聞かせても、そんなふうに期待してしまう自分を巧く制御できない。

もし、神月が自分を愛してくれたら、神月と愛しあえたなら、どんな感じがするのだろう。

そのような毎日であるから神月が相当疲れているのは間違いなかった。深夜には都地の暮らす離れにいることも多い様子だったし、まともに眠る時間もないのではないか。無理を重ねて、彼の顔色は日々悪くなっていくような気がした。それを見ていると不安になる。

とはいえ、少しはのんびりしてくださいと自分が口を挟むのもおかしい。多忙はどうにもならないし、毎日邸宅に帰ってくるのも自分のためではなく単に都地を心配しているからなのかもしれない。

だとしたら余計、なにを言っても差し出がましいだけだと思う。

神月が邸宅に戻るのは大抵二十三時をすぎる。それでも、水曜日だったか木曜日だったか、彼は比較的早く帰宅した。

早くといっても二十一時は回っていたので近藤はすでに帰ったあとだった。誠也も自室へ引きあげていて、だからリビングにいるのはふたりきりだった。

コーヒーを飲みながらあれこれと話をした。神月が好きな車の種類だとか、誠也はあれでレーサー並みに運転が巧いだとか、そんなどうでもいい話だ。

そして、しばらく時間がすぎ友馬の緊張も解けたころに、神月はこう訊ねた。

「堺先生からは、ここに来る許可をもらっていないと言っていたよね。どうやって出てきたのかな。堺先生はいまごろ君を探しているかもしれないね」

堺先生、という単語にぴくりと肩が揺れはした。しかしそれだけだった。また蘇るのではと身構えた彼の感触や温度の記憶は遠く、思い出すのは神月に抱きしめられたときのあたたかさだけだった。

神月のそばにいれば呪縛から解き放たれる。あのとき彼は、助けたい、救ってあげたいと言ったが、自分はすでに助けられているし救われているのかもしれないと思う。現に、彼に縋りついて泣いた夜以来、堺の夢を見ていない。

コーヒーをひとくち飲んでから正直に答えた。

「探してるかもしれませんけど、堺先生はおれが都地先生の個展に行ったことを知らないから、どこにいるかはわからないと思います。おれは先生になにも言ってません。ただ、手紙を置いてきただけだから」

「手紙か。どんな手紙？」

「もう戻りませんとだけ、書きました」

「なるほど。もう戻りません、か。君の決意はかたいんだね」

神月は目を細めて、優しく笑った。自分の無茶な逃亡を呆れられるかもしれないと思っていたが、彼はそのような表情は見せなかった。

逃げ出したいのに逃げ出せない、はじめて出会った狭い展示室で神月は自分の絵を見てそう言った。その画家がようやく逃げ出す決心をしたことに、あるいは彼はどこか納得のようなものを覚えているのかもしれない。そんなことを考えた。

「都地の絵には、いや、『まこと』にはそれだけ君を動かす力があったということか。画商としては素直に嬉しいよ。しかしひとりの人間としては、複雑だ。ほんとうは君を都地に会わせてあげたいんだ。だが、できない。どうしても、できない」

「……あなたはおれを、それでも、本気では追い出さないです。どうしてですか」

少し悩んでからぎこちなく訊いた。どきどきと勝手に鼓動が速くなる。

神月は、どう答えるのか。

そこでコーヒーカップをテーブルに置き僅かに身を乗り出すようにして、彼は向かいに座っている友馬を見つめた。揺らぎのない眼差しに覗き込まれてますます緊張する。と同時に、綺麗な緑色の瞳に見蕩れた。

「私は君の絵が好きになったんだよ。言っただろう？　それから、君そのものも気に入っているよ。懸命で、真っ直ぐで、清潔で、純粋だ。まあ多少口下手なところは可愛《かわい》い個性かな？」

見つめ返すというよりも、ただ神月から目をそらさないようにするだけで精一杯だった。清潔だとか純粋だとか、自分からはほど遠いような言葉を使われて困惑する。

愛もないのに堺に抱かれ続けた自分は、汚い。なのに神月はそうは言わない、どころか正反対のことを言う。この男の目には自分の姿がどう映っているのだろう、まるで想像がつかなかった。

返す言葉に窮していると、神月はふと声に真摯さを含ませ口説くように言った。

「ねえ、伝わっていないのかな。私は君のことを好ましいと思っているよ。だから本気では追い出せない、路頭に迷われたら私がいやだからね」

「おれ、は、その……迷惑を、かけてすみません」

「なぜ謝る？　迷惑はかけられていないよ。私はね、君のことをどうにかしてあげたいと思っている。行く場所がないというのなら用意してあげよう。お金がないならそれも用意してあげる。もっと絵を勉強したいなら誰かを紹介してあげることもできる。それでも、都地に会わせることだけは、できない。君の願いをかなえてあげられないことが、正直、とても悔しい」

やはりどう答えればいいのかわからなかった。神月の真剣さは充分に伝わってきた、だからこそ言葉が唇から出ていかない。

都地に会いたいという気持ちはほんものだ。しかし、いまはそれよりも神月のそばにいたいという思いのほうが強い、かもしれない。そんなことを言ってしまえば今度こそ呆れられて追い出されるのではないか、そう思うと口ごもることしかできなかった。

神月の顔を直視できずテーブルの上に視線を逃がす。そこで、彼のコーヒーカップが空いていることに気がついた。注《つ》ぎ足さなくてはと慌てて立ちあがろうとしたら、神月に笑って制された。

「いいよ。そんなに気をつかわないでくれ。君がこの家にはじめて来たとき、私は君のためにコーヒーを注いだと思うよ。こんなときくらい君とは、できれば対等な関係でいたいかな」

上げかけていた腰をおずおずとソファに戻した。すべてを手にしている有能な画商に駆け出しの画家、対等もなにもないと思うが、彼がそれを望むのであればそのようにしているべきだろう。

風格も王者の素質も備えたこの華麗な主は、偉そうな顔をしないし傲慢な態度も取らない。彼が意識しているのかしていないのかはどうあれ、それこそがひとを従えるもっとも有効な方法なのかもしれないと思う。

さらりと立ちあがった神月は、まず友馬のカップを取りあげポットからコーヒーを注いでくれた。確かにこの邸宅へ押しかけたあの夜のようだ。恐縮しながら礼を言い受け取ると、彼はくすりと笑って次に自身のカップを手に取った。

そこでふと神月の動きが止まった。

不自然さに顔を上げたら、神月はその場に立ったままぱちぱちと瞬きをくり返していた。見あげる角度で目に映る美貌がいやに青ざめているように感じ、思わずぞくりとする。

「ああ。少し目眩《めまい》が」

神月はあまりに軽い調子でそう呟き、それから、骨組みを失ったマネキンが崩れるようにその場へ倒れた。コーヒーカップが割れる、がしゃんという派手な音がする。

びっくりしてソファから立ちあがった。毛足の長いカーペットにひざまずき、焦って神月の顔を覗き込む。もともと色白ではあるが、先ほども感じた通り顔色はさらに真っ白で、寒気がした。

「神月さん。大丈夫ですか。神月さん！」

何度も叫ぶように名を呼ぶが反応はない。意識を失っているらしい。これは大丈夫ですかなんて言っている場合ではないと慌てて身を起こす。

やはりこの男は無理な生活で相当疲れていたのだ。なのに今夜も自分につきあってくれた。面倒がる顔もせず話をしてくれた。早く解放すべきだったのだと激しく後悔した。

倒れている人間を下手に動かせもしないだろう。とりあえず神月には手を触れず、リビングを飛び出して誠也の自室まで走った。迷路に慣れていてよかった、それからこの邸宅に医者がいてよかったと心底思う。

誠也の部屋の前で、はあはあと乱れる息のまま大声で言った。

「誠也さん！　神月さんがリビングで、急に、倒れて、早く来てください」

起きて仕事をしていたのか誠也はすぐにドアを開けてくれた。よほど驚いたのか、らしくもなく目を見開いている。

「神月さんが、倒れた？　なにがあったんだ？」

「わかりません。ただ、青ざめた顔をして、目眩がするようなことを言って、そのまま」

誠也はそれ以上は問わなかった。ドアの前に立つ友馬を押しのけるように部屋から出てきて、リビングへ向かって走り出す。

その背を必死に追いかけた。この冷静な医者でも走るのか、なんて暢気《のんき》なことを考える余裕はなかった。

ふたりでもつれあうようにリビングへ駆け込むと、神月はもう意識を取り戻していた。窓際に置かれた三人がけのソファに横たわり、額に手を置いている。

「神月さん。急に倒れたと」

「申し訳ない。疲れているだけだよ、大丈夫だ」

誠也の焦った声に、神月は真っ白な顔のまま笑った。どう見ても大丈夫そうではないが、彼がとりあえず意識を取り戻したことにはほっとする。

「しばらくまともに寝ていないから、睡眠不足かな？　しかしひっくり返るとは情けない」

緩い口調でそう言った神月に、しかし誠也はひどく深刻な顔をして歩み寄った。

「……血が。神月さん、どこか怪我《けが》を？」

「ああ。割れたコーヒーカップで切ってしまったか」

動揺のあまり誠也が言うまで気づかなかったが、神月のシャツは僅かに破れ血がついていた。左腕、肘のあたりだ。

大した傷ではないのか、神月は特に気にしていないように見える。だが、誠也はやはりいやに真剣な顔をしてソファの前に膝をつき、そこで、なぜか神月の右手を取った。シャツの袖をまくりあげて異常がないか確認している。

ふと不自然さを覚えた。血がついているのは左腕だ、なのにどうして誠也はまず右手の心配をしているのだろう。

「手は、動きますか」

「動くよ、心配ない」

しかし神月は別に不思議がってはいないらしい。誠也の前で右手の指を動かしてみせる。

誠也はそこでようやくほっとしたように吐息を洩らした。

ますます訝《いぶか》しく思った。なぜ右手なのだ、そして右手さえ無事であれば、誠也はひとまず安心するのか。どういう意味だ、どうしてだ、そんな疑問が頭の中に湧きあがる。

誠也はすぐに立ちあがり、ソファに横たわる神月に手を差しのべた。

「倒れたときにどこか打ってたら問題ですから、すぐに検査をしたほうがいいです。ここには検査機器がないので町まで下りましょう。総合病院に知りあいがいます」

「大げさだな、誠也くんは。ちょっと目眩がしただけなんだが」

「大げさじゃないです。あなたになにかあったらどうするんですか。父は、都地はどうなりますか」

億劫《おっくう》そうな顔をしていた神月は、都地、そのひとことで気を変えたらしい。ふらりと立ちあがって小さく肩をすくめた。

「わかったよ。医者の言うことには素直に従おうか」

構うなと笑う神月の腕を支えるように摑み、誠也はゆっくりと玄関へ向かった。神月を連れ慎重にドアから外に出て、二台停められている車のうち一台の後部座席へ神月を座らせる。

自身は急ぎ運転席に乗った誠也は、開けた窓から友馬に「留守を頼むよ」と言い残し丁寧に車を出した。丘の向こうへ消えていくテールランプを見送って、そこで少しは冷静さが戻ったのか余計に激しい不安に襲われた。

そうだ。もし神月が倒れた際に頭でも打っていたら。なにかあったら。このままあっけなく、家族と同じように、死んでしまったら。

ぞくぞくと悪寒がこみあげてきた。こんなふうに感じたことは一度だってない。

家を空にするわけにはいかないのだろうが、それでも、無理にでもついていけばよかったと後悔した。祈るような気持ちでひとり夜の一本道を見つめてしまう。しばらくは邸宅に戻ることもできなかった。

どうか無事に神月を、この城に返してくれ。

緑が香る心地よい風も美しい星空も、いつもと同じように目の前にあった。だが、いまはそれらを感じる余裕など少しもありはしなかった。

神月と誠也が邸宅に戻ったのは、翌日の朝だった。

結局は一睡もできないままリビングでそわそわとしていた友馬は、ドアが開く音に弾かれたように立ちあがり、走って玄関まで迎えに出た。

点滴でも受けてきたのか神月はもう顔色もいつも通りで、特に変わった様子はなかった。プラチナブロンドは整えられ、緑色の瞳には力がある。「ただいま」と告げる声にも穏やかな張りが感じられた。

心底ほっとして、思わずその場に座り込んだ。死んだ家族は何日待っても帰ってはこなかった。しかしこの男は帰ってきてくれる。

「心配をかけたかな？　ごめんね、伊万里くん」

優しく声をかけられ座り込んだまま神月を見あげた。不安のあまり早く顔を見たいと散々焦《じ》れたからか、彼はなおさら綺麗に、眩しく目に映った。にこりと笑う美貌もいつもと変わらず華やかだ。生気にあふれる姿を見つめて泣きそうになる。

神月が手を差しのべてくれたので、おそるおそるそのてのひらに触れた。彼の手は頼もしく、素肌のあたたかさに安堵の吐息が洩れる。

それからはっと我に返り慌てて立ちあがった。言いたいことはたくさんあるのに、結局声になったのはこれだけだった。

「とても、心配しました。怖かった」

摑んでいた神月の手をそっと離す。体温が遠のき、もっと彼を感じていたいと無意識に願ってから、そんな自分に気づいてなんだか顔が火照った。

神月はなにかを察したのだろう。くすりと楽しそうに笑った。

「ただの睡眠不足だよ。もうあんな醜態はさらさないから許してくれないか。怖い思いをさせて申し訳なかった」

再度謝罪され、慌てて首を横に振る。この男は疲れている中、自分のために昨夜時間を割いてくれたのだ。そのせいで倒れたようなものなのに、そんなふうに謝らないでほしいと思う。

それまで後ろに立っていた誠也がそこで一歩前に出て、神月の右腕を摑んだ。そのまま、彼を促すように迷いのない足取りで廊下を歩いていく。決して無作法な手つきではなかったが、有無をいわせぬ態度ではある。

普段は慎重に距離を置き、立場をわきまえて振る舞う男にしては強引だった。おそらくいま誠也は従者としてではなく医者として神月を案じているのだろう。

一階の奥、神月の自室まで歩くと、誠也は許しは請わずにドアを開けた。それから神月の背にてのひらを置き部屋の中へと促す。

「神月さん。お願いですから一日くらいなにも考えずに寝ていてください。仕事の電話が来たら僕が事情を説明しておきます」

抗いを許さないはっきりとした誠也の口調に、神月は肩をすくめた。

「私はもう元気だよ？　君は心配性だな」

「僕は医者ですから。医者の指示には素直に従うと昨日言ったのは神月さんですよ」

ぴしりと言われて神月はわざとらしくひとつ溜息をついた。どうやら誠也に逆らうのは諦めたらしい。

「そろそろ近藤くんが来る時間ですから、なにか胃に優しい朝食を作ってもらいましょう。食事はここまで運ばせます。それを残さず食べたらさっさと寝てください、いいですか？」

「食事の用意なら、おれが」

慌てて口を挟んだが、聞く気はないらしい誠也に神月の部屋へと押し込まれた。

「伊万里くんは神月さんを見張るんだよ。少なくとも三時間、いや、五時間くらいは、神月さんがどれだけいやがろうと無理やりでも眠らせるように。それまでは神月さんも君も、この部屋から出しません」

「え？　あの」

「文句を言わない。僕はリビングで電話番をしてるから、なにかあったらすぐに呼ぶんだよ。とにかく、神月さんを眠らせてくれ。いいね」

最後に念を押し、睨むような懇願するような目で神月を見てから誠也はドアを閉じた。文句を言うつもりもないが、いきなり命じられた役割にまず戸惑い、それから緊張した。

そうだ。いくらいま元気そうな顔をしていても、神月は昨夜過労だとか睡眠不足だとかのせいでひっくり返ったのだ。誠也の言うように意地でも寝かしつけるべきだろう。とはいえこの男は自分の指示に素直に従ってくれるのか。

神月の部屋はやたらと広かった。普段、気をつかう高価な家具が多い神月や誠也の自室、応接間等は近藤が掃除をする。友馬に与えられた担当は廊下だとか階段、キッチンくらいだ。たまに近藤を手伝ってもリビングの埃取り程度、だからこうして彼の部屋に入るのははじめてだった。

広い部屋には大きなデスクと贅沢なサイズのベッド、ふたりがけのソファが置いてあり、奥にはドアがふたつあった。多分神月のためだけに作られたバスルームと洗面所なのだろうと推測する。

「うちのお医者様は大げさだよね」

部屋を見回していた背からそう声をかけられて、はっと振り返った。緩く腕を組み苦笑している神月の姿を目にして、自分の役割を思い出す。

「大げさじゃないです。ほんとうに眠ってください。お願いだから、眠れるだけ眠ってください。五時間はベッドにいてくれないと、部屋から出してあげられません」

「なんだ。君もなかなか大げさだ。私は別に眠くはないんだが」

言いつのる友馬に、神月は腕を解いて困ったように笑った。昨夜、まともに寝ていないからと言っていたのに、同じ口で眠くはないなんてぼやくのか。この男は他人の感情には敏感なのだろうが、自身の体調には鈍感なのかもしれないと思う。

疲れた様子もなくいつも通り真っ直ぐに立っている神月をじっと見つめ、少し逡巡してから声に出した。

「シャツ、脱いでください。その、血がついてるから」

「ああ。そうだった」

友馬の言葉に神月は、特にためらいなくあっさりとシャツを脱いだ。真っ先に視線で探った左腕の傷口は小さなもので、きちんと処置されたのかもう血のあともなかった。それに密かな安堵の吐息を洩らす。

それから目を神月の上半身に向け、どきりとした。

神月の裸体は実に美しかった。異国の血が混じる肌は白く、しなやかな筋肉の陰影をより綺麗に映し出す。もっと細身なのかと思っていたが、着痩《きや》せするタイプであるようだ。思わず口を開けて見蕩れてしまう。

一度意識してしまったら、速まる鼓動を落ち着かせることができなくなった。

その素肌に触れたら、どんな感じがするのだろう。

それから無理やり視線を引きはがし、キャビネットを開けガウンを取り出した。ふしだらなことを考えた自分を頭の中で叱責しながら、震えそうになる手で神月に着せ広いベッドに押しやる。

「早く、寝て、ください」

「わかった。わかったよ、だからそんなに必死な顔をしないでくれ」

友馬の様子をどう取ったのか、神月はくすくす笑って大人しくベッドに上がった。やわらかそうな羽毛布団を腰までかけ、上半身は起こしたまま友馬を見る。

ふと湧きあがった欲望を見抜かれるのではないかと、ぞくりとした。

しばらく言葉もなくふたりで見つめあっていた。そのあいだ、神月がなにを考えなにを感じていたのかはわからない。

控えめにドアが叩《たた》かれたのは、部屋に入ってから三十分ほどしたころだった。慌てて顔を出すと近藤が不安げな顔をして立っていた。

彼が手にしたトレーには、旨そうな卵粥《たまごがゆ》と水の入ったグラスが載っていた。この邸宅で和食らしい和食が出てきたのは、そういえばはじめてだ。近藤はなんでも作れるのかと感心し両手で受け取る。

「神月さんが昨日の夜倒れたって、誠也先生から聞いて」

心配そうにひそひそと言った近藤へ、ひとつ頷いてみせてから返した。

「大丈夫です。大丈夫」

「おれなにかできますか。そうだ、昼食はなにがいいですか？　またお粥じゃ飽きるかな」

「しばらく眠ってもらうから、昼はいりません。もし欲しくなったら声をかけますから、用意はそれからでいいです。大丈夫」

もう一度頷くと、近藤はなにか言いたげな表情はしたが、結局はなにも言わずにそっとドアを閉じた。彼はいつか屋上でタオルを干しながら、神月にも誠也にも感謝していると口に出した。神月は使用人にとっても大切な人間であるのだと実感する。

自分で食べられるよと笑ってベッドから下りようとする神月を制し、トレーをいったんデスクに置いて椅子をベッドの前まで引きずった。

「駄目です。ベッドから出しません。また神月さんが倒れたら、いやです」

「私は病人ではないよ?」

「昨日ひっくり返ったひとが、なに言ってるんですか」

トレーを手に椅子へ座り、ここから動くものか、逃がしはしないと態度で示す。神月は半ば呆れたような顔をしてひとつ溜息をついた。

「検査結果にも問題はなかったし、私はいたって健康だよ。点滴を受けたおかげか体調もいい。ほんとうにただの睡眠不足なんだが」

「お願いだから、しばらくは大人しくしていてください」

哀願の声になった。きっと表情も同じようなものだろう。神月は、今度こそ心底困った顔をしてトレーを膝に置いた友馬を見た。

だから、絆《ほだ》されてやるものかと強い視線で見つめ返した。

「ああ。わかった、わかったよ。だからそう怖い顔をしないでくれ。まったく我が家の人間はそろって心配性だね」

またしばらく見つめあい、それから神月はそんな嘆きを洩らして結局は折れた。この男は自分の言うことを聞く気になったらしいと、とりあえずはほっと胸をなで下ろす。

スプーンに卵粥を掬《すく》ってそっと差し出したら、ベッドに座ったまま神月は素直にそれを食べた。零さないよう慎重に同じ動きをくり返しているうちに、ふと強いよろこびが胸に湧き出してきた。

美しい男に自分の手で食事をさせている。彼は確かに生きていて、食べものを摂取することもできる。そう思うとなぜかぞくぞくするし、こうして信頼されるのは単純に嬉しかった。

卵粥が無事空になったので、水を飲ませてからトレーをデスクへ置いた。ベッドに寝かしつけ羽毛布団をかけてやっても、神月は特に文句は言わず大人しく従った。抵抗しても無駄だとようやく悟ったらしい。

椅子に座り直し、さすがに少し迷ってからおそるおそる手を伸ばした。こんなときくらい許してくれと頭の中で祈りつつ、子どもにするようにとんとんと羽毛布団の上から神月の胸のあたりを優しく叩く。

神月はくすぐったそうな顔をして笑い、布団の中で僅かに身じろいだ。

「そこまでしなくていいよ。君はかいがいしいんだね、だが、私はいい大人だよ？」

「無理やり眠らせてるんです。お願いですから、いやがらないで」

請うように言ったら、神月は、しかたがないとでもいうような表情をして素直に目を閉じた。その美しい顔を思わずじっと見つめてしまう。彼からの眼差しがないせいか無遠慮な視線になったかもしれない。

当たり前だが睫《まつげ》まで髪と同じ綺麗な色をしているんだなと、いまさらのように気づいて妙にどきりとした。

睡眠不足というのは確かだったのだろう。羽毛布団をそっと叩いていると、神月はすぐにすやすやと眠ってしまった。安堵のあまり全身から力が抜ける。それから、この男は自分の前で無防備に眠ることができるのだと、先ほどと同じような目も眩《くら》むほどのよろこびを感じた。

腕時計を見たら、いつのまにか九時になっていた。誠也は五時間は眠らせろと言っていたから、十四時まではこの部屋から逃がすまいと決意を新たにする。

神月の寝顔を見つめながら、規則正しい寝息をただ聞いていた。どうやらぐっすりと眠っているようで彼の表情は穏やかだった。

しばらくそうしていると、ようやく緊張も解けた身体が徐々に重くなってきた。そういえば昨夜は一睡もできずに悶々《もんもん》としていたのだった、そんなことを思い出したら途端に強い睡魔が襲ってくる。

少しだけ、十分だけ、自分に言い聞かせて椅子に座ったままベッドに上半身を伏せた。それ以降の記憶は曖昧で、自分がいつ眠りに落ちたのかはよくわからない。

湖の底から浮上するように、はっと目が覚めた。

カーテンの隙間から線を描いて射し込む光が目に入る。もう昼の明るさだった。

慌てて腕時計を見たら十四時をとうにすぎていた。いくらなんでもさすがに寝すぎた。神月は、と咄嗟に思い、それからようやく自分の置かれている状況を把握した。いつのまにかやわらかいベッドの中にいる。

みっともなく眠りこけていた自分を神月がわざわざ隣に寝かせてくれたらしい。それでも目覚めないほど熟睡していたのか。ひどい迷惑をかけてしまったと青ざめ慌てて横を向いたら、神月が愉快そうにくすくす笑っていた。

ひとしきり眠って、彼はもうすっかり回復した様子だった。緑色の瞳はいつも通り優しくきらめいている。

「君、よく眠っていた。なんだかなついた猫みたいだったよ。どうやら悪夢は見なかったようだね」

囁くように言われて、動揺を抑えなんとか頷いた。この男のそばにいれば悪夢は見ない、堺の記憶は蘇らない。それはもう知っている。

もぞもぞと身じろいだら、腕が神月の身体に触れた。それに、ぞくりとした。服の上からでもあたたかい彼の体温を感じる。

そうか。いま自分は神月と同じベッドにいるのだ。そう思ったらかっと全身の肌が熱くなった。

なにかを察したらしい、神月は身体を強張らせている友馬に優しく問いかけた。

「誰かを思い出した？　それとも、私を意識したのかな」

無理やりひとつ深呼吸をしてから、ごまかせもしないだろうと小さな声で答える。

「……神月さん、を意識しました」

「君は私のことが好きになりはじめているよ。違うかな？」

友馬の返答にうっとりと笑う神月は、ただ美しかった。その通りです、そうじゃないです、肯定の言葉も否定の言葉も忘れて見蕩れてしまう。大体この男のことだから、いちいち声にしなくても自分の感情など充分わかっているのだろう。

神月はその友馬にふと顔を近づけ、じっと瞳を覗き込んだ。

「私も君のことを好ましいと思っている。昨日、そう言ったよね、覚えているかな。そしていま、ふたり同じベッドにいる。だからここで」

「神月さん、おれ、は」

「君の知らないセックスを教えてあげようか？　セックスというのはね、愛の行為なんだよ」

思わずごくりと喉を鳴らしてしまった。もう一度抱きしめてほしい髪を撫でてほしい、その素肌に触れたらどんな感じがするのだろう。確かにそんな妄想はしたが、さすがにではお願いしますと頷くこともできない。

それに、この男は都地のものではないのか。

訊いていいのかいけないのか。しばらく迷ってから、ずっと持て余していた疑惑を結局は口に出した。

「……あの。あなたと都地先生は、どういう関係なんですか」

「どういう関係？　画商と画家、では説明になっていないのかな」

神月は少し首を傾げ、特に裏もないようにあっさり答えた。

「私は都地に心酔している。都地の作品に惚れている、愛している。それが画商というものだよ」

愛、という言葉にぴくりと肩が揺れる。この男にとっての愛とはなんだろう。またしばらく悩んでから、細い声で「愛人なんですか」と訊ねた。

神月は珍しく驚いたような表情をした。それからまじまじと友馬の顔を見つめ、そしてこれまた珍しく派手に声を上げて笑った。

「まさか。私と都地とは性的な関係にはないよ。私はただこころの底から都地の絵を愛しているつもりだがね」

神月の笑い声にほっとした。事実を突かれれば大抵の人間は焦るか怒るかするはずだ。それにこの男のことだから嘘はつかないだろう。ほんとうにただ都地の絵に惚れ込みこころの底から愛しているのだと考え、知らず安堵の吐息が洩れる。

神月はどこか面白がっているような目をして言った。

「君、なんだかたまにもの言いたげな、不安そうな顔をしていたから気になっていた。そんなことを考えていたのか。だから、私に好意を告げられなかったのかな？」

「……すみま、せん。でも、あなたが都地先生と抱きあっている、姿を想像、したら」

「では、誤解は解けたね。いまの君には私を好きになってはいけない理由がなくなってしまったよ。どうする」

誘う言葉を投げかけられても咄嗟には答えられなかった。

どうする。どうしたい。わざわざ自分に問いかけなくても望みなんてもう知っている。この男に触れてほしいし、触れたい。彼と愛しあえたらどうだろう、そんなことを考えたのはいつだったか。もうわからないくらいに願いは肌の内側に染みついている。

とはいえこんなときに使う巧いセリフなんて、口下手な自分が思いつくわけがない。

神月は友馬を真っ直ぐに見つめ、返答を待っているようだった。それから、どうやらそれは難しいらしいと判断したのか優しい声で続けた。

「私はね、ただ君に愛を教えてあげたいだけだよ。そして、助けたい、救いたい、いつかも言った通りだ」

覚えている。もちろん彼の声は頭に刻まれている。悪夢に震える身体を抱きしめてくれたあの夜に、彼はそう口に出した。どうしてそこまで言ってくれるのかとうろたえた自分も覚えている。

「君は愛を知らないと言っていたね。だが私は、伊万里くんの絵をはじめて見たときからずっと君に惹かれていたよ。気になるとはそういう意味だよ。君が気づいていなかっただけだ、そしていま気づいたね？　愛は、君のそばにあるんだよ。ならば愛しあうのは自然だろう」

たまらずに息を喘がせた。確かに自分はこの男に惹かれている。そしてこの男であれば間違いなく愛を教えてくれるのだろう。そう思ったら目が眩んだ。

教えてほしい。

「教えてあげるよ」

まるでこころを読んだような正確さで、神月はそう囁いた。

「だから君も私に教えてくれないか。たとえ苦悩の中にいても、君のひたむきな思いは眩しい。君の情熱は美しい。私がどこかに置き忘れているものだと思う。それを、知りたい。教えてくれ」

頷きたいと思った。頷いて委ねてしまいたい。神月と抱きあいたい。だが、頷いていいのだろうか、軽い男だと思われないか。それに、この男は昨日倒れたのだ、こんなときに求めていいのか。そんな逡巡と不安が湧きあがる。

「あなた、は昨日、倒れたんだから」

散々悩んでから、なんとかぼそぼそとそう口に出すと、神月にそっと手を取られた。服の上から触れさせられた彼が僅かに反応しているのがわかり、ひくりと喉が鳴る。

「どう、して」

「昨日倒れたからだろう？　私は男だからね。本能は、こういうときに愛おしいひとを求めるのではないかな」

「愛おしい、ひと」

慣れない言葉を思わず馬鹿みたいにくり返した。神月はそこで、聞いたこともないくらい甘い声で告げた。

「そうだよ。私は君が愛おしい」

くらくらと目眩がした。この男は自分に愛おしいと言ってくれるのだ、この男は自分が愛おしいのだ、噛みしめるようにそう思ったらたまらなくなった。

友馬の表情に欲を認めたのだろう。神月はためらいもなく、あっさりと覆いかぶさってきた。唇に唇を重ねられてぞくぞくする。

いま、この男の唇は自分に触れているのか。つまり自分は神月とキスをしているのか。

神月のくちづけは丁寧で、荒さのようなものはなかった。怯《おび》える恋人を宥《なだ》めるようにやわらかい。音を立ててついばみ、僅かに唇を離して友馬の瞳を見つめる。それからまた優しく唇を触れあわせる。何度も何度もくり返されて、徐々に身体から強張りが抜けていくのがわかった。

こんなに穏やかなキスは一度だってしたことはない、知らない。吹き込まれたたくさんの言葉は恋愛やセックスに慣れた男の手管ではなく、ただ彼の本心なのだろう。そんなことを感じさせる甘ったるさだった。

しばらく触れるだけのくちづけをして友馬がそっと瞼を閉じたころに、神月はようやく舌を挿し入れてきた。決して強引ではなかったが遠慮もない。

ぬるりと濡れた感触に思わずびくりと身体を揺らしてしまった。神月は、怖がらなくていいよとでもいうかのように、そっと友馬の髪を撫でた。

こうして髪を梳《す》いてくれる指先ならばもう知っている。そして、いまはじめて知るものだとも思う。ぎゅっと目を閉じて、歯の裏側や口蓋に這う舌先を受け入れた。それから、少し悩んだあとぎこちなく神月の舌に舌を絡ませた。自分がいまどれだけ彼を求めているか、どうにかして伝えたかった。

おそるおそる瞼を上げると、じっと自分を見つめている神月と目が合った。綺麗な緑色の瞳を見つめ返すことができずに、結局はまたきつく目を閉じてしまう。それほどに彼の眼差しは、怖いくらいに澄んでいた。相手を観察するというのではなく、愛情をたたえた湖みたいな色だと思う。

「は……、んぅ、あ」

巧みな動きで促され、必死に舌を差し出し絡ませあった。ぴちゃぴちゃと唾液が鳴る音に鳥肌が立つ。神月さん、神月さん、名を呼びたいと思っても、こんな状態ではまともな言葉は発せない。

身体どころか頭の中まで蕩けてしまいそうだった。夢中で啜る神月の唾液はなぜか甘く感じられた。キスってこういうものだっけ、こんなにおいしいものだっけ、思い出そうにも記憶は遠かったし、もう思い出す必要もないのだろう。

神月は唇を合わせたまま、器用に友馬のシャツのボタンを弾いた。服を大きくはだけられ、素肌にあたたかい指が触れて思わず声を洩らしてしまう。

「んっ、は、あ……、あ」

「大丈夫だよ。怖くないから」

ようやくくちづけを解いた神月は、そこで小さくくすりと笑った。唇を友馬の耳元まで這わせて、いやに色っぽい声で囁く。

「ほら。君の身体、熱いよ。興奮しているんだろう、伊万里くん？」

「う……、も……っ、神月、さんは、意地が悪、い」

「そんな声で責められてもね。もっともっとと言われているようにしか聞こえない」

もっともっと、確かにそう聞こえるか。恥ずかしさで、あるいは神月の言ったように興奮で、かっと頬に血が上った。

耳朶《じだ》を舐《な》められ、優しく嚙まれた。濡れた音がキスをしているときよりも露骨に響き、ぞわぞわと肌が粟立つ。いつでも優美で華やかで、気品にあふれる男がいま自分にいやらしいことをしている。唾液を鳴らして味わっている。そんなことを考えたらいやになるほど身体が火照った。

「あ、あ、や……っ。耳、ぞくぞく、する」

「そうか。では、もっとぞくぞくすればいいよ」

羽毛布団をさっさとベッドから落とした神月に、じっくり肌を撫でられた。脇腹をてのひらでなぞられ、くすぐったいような気持ちがいいような感覚に息が上がる。

それから、乳首を指の腹で擦られて意図しない声が唇から洩れた。

「ん、も……、あぁ、待っ、て」

「待て？　待ってほしいのかな、ほんとうに？」

押し潰すように乳首を愛撫しながら神月がどこかいたずらに問うた。鋭い刺激を散らしたくて懸命に首を横に振り、これは肯定になるのか否定になるのかと考えてもよくわからない。というより、どちらにせよこの男は手を緩めはしないのだろう。

徐々に這いあがってくる快感が彼に見えていないはずがない。なのにわざとらしく言葉にして訊くのは、はしたない欲を自分にはっきりと認めさせるためだと思う。

彼の手を待っているのは自分のほうだ。そのまま落としてくれ、そのまま追い詰めてくれ、制御できない望みが身体の中で渦を巻いている。それを自覚しろ、思い知りなさいとこの男は言っているのだ。

「君のここ、可愛らしく勃《た》っている。ほら、わかるよね。気持ちいい？」

尖《とが》った乳首をきゅっと摘《つま》まれて、今度は頷いた。ならばこの熱を抑え込む必要もないし、恥じらってみせてもみっともないだけだろう。

「ふ、う……、はぁ、わかる……っ。気持、ちいいで、す」

「なぜ気持ちがいいか知っているかな？　それはね、君が私を愛おしいと感じているからだよ」

もうひとつ、それから何度もくり返し頷いた。惹かれた、惚れた、愛おしい、神月の言う通りだと思った。

愛なんて知らないわからない、このてのひらにはないと信じ込んでいた。ないからこそ希求していた。だが、いつのまにかそれは確実に手の中にあったのだ。

神月はしばらく乳首で遊んでから、その手を尻に這わせてきた。服の上から指先で探られてびくりと身体が揺れる。

「堺先生は君を抱くときに、ここへ入るのか？」

やわらかく問われ、一瞬ためらってから頷いて返した。おそるおそる目を開けて見あげた神月は、そこで僅かに瞳へ獰猛《どうもう》な色を映した。

見蕩れてしまった。いつでも穏やかに笑っているこの男でも、こんなふうにオスの目をするのか。自分に覆いかぶさり、この瞬間に神月は素なのかもしれない。そう思ったら切ないくらいの愛おしさが胸に広がった。

「私も入っていいか。柄でもないね、いま少し嫉妬した」

愛おしい、愛おしい、この感情をどうやって伝えたらいいのだろう。なにを言えばいいのかわからない。せめてと彼の瞳をじっと見つめ、震える唇で告げた。

「入れ、てください。欲しい……、神月さん、が、欲しい、です」

「ああ。君はいい子だね。愛おしいよ」

口に出したかった言葉は先に神月に言われてしまった。消えそうな声で、なんとか「おれも」と細く返す。聞こえていないかと思ったが彼には通じたらしく、くしゃくしゃと髪を撫でてくれた。

手を伸ばして枕元からスキンクリームのボトルを取りあげる神月を、目はそらさずに見ていた。下着ごと服を脱がされた膝を立てさせられ、たっぷり塗り込められるあいだも瞼は伏せなかった。こうして幾度も視線でやりとりをしたのだから、彼ならこの思いをわかってくれるのではないか。必死に見つめて願う。

「怖いかな。思い出す？」

簡単な言葉で訊かれ、同じように単純なセリフを口に出した。

「怖くない。いまおれ、は、あなたしか見てない、です」

単純でもそれで精一杯だった。神月は真っ直ぐに友馬を見つめ、それからふと目を細めて笑った。少なくとも、拙い返答が懸命に声にしたものであることは伝わったらしい。

その笑みを見ていたかったのに、ゆっくりと指を挿し入れられたときには思わずぎゅっと目を閉じてしまった。

「あぁ……っ、ふ、ぅ、ゆび、が」

「怖くないんだよね？　痛くもしないよ。ちゃんと広げてあげるから、君も上手に緩めてくれ。私の指は、君、気持ちよくないかな」

「いい、気持ち、いい……っ、これ、神月さ、んの、指」

無理もしなければ荒っぽくもない、神月の行為は充分に慎重だったのだと思う。しかし、決して手ぬるくはなかった。ぬるぬると入り口を開いたあと、探し出した前立腺をためらいもなく押し撫でられて目が回る。

「あ！　あ、あっ、そんな、に、しないで」

「なぜ？　こんなふうに勃っているのに？」

「うぁ、触らな、いで……っ、はぁっ、知らない、知ら、ないか、ら……！」

優しく性器を擦られながら中を刺激され、びくびくと身体が跳ねた。堺はこんなことはしない、だからどうしたらいいのかわからない、そう伝えたいのにまともな言葉を思いつかない。

友馬の声を聞いても、神月は特に動きを緩めるつもりはないようだった。というよりも、さらに確信めいた愛撫に変えた。もっと感じろとでもいうかのように指を増やされ、余計に肌が熱くなる。

身体が広がっていく、ぐちゅ、ぐちゃ、というはしたない音を、わざとらしく聞かされた。紳士的な男のセックスは全然お上品じゃない、そんなことを浮き立つ頭で考える。

じっくりと指を出し入れし、もう充分に開いたところで神月はようやく手を離した。

「伊万里くん。伊万里くん？　入っていいんだよね？」

ぐちゃぐちゃに乱れる思考を呼び覚ますように名をくり返され、かたく閉じていた目を開けた。余裕のある手つきで自身の服をくつろげる神月を、はあはあ息を乱しながら見つめる。

入れてくださいと言いたかったのに、神月が摑み出した性器を目にして声が詰まった。そんなものを入れられたら壊れる、おかしくなるという不安と、同じくらいの強さで欲情がこみあげてくる。

そんなものを、入れられたらどんな感じがするのだろう。

友馬の欲を正確に見透かしたらしい。神月は綺麗な瞳をきらめかせて笑った。脚を押さえ込まれてあてがわれ、そこでもう一度楽しそうに問われる。

「入れて、いいよね？」

ここで駄目と言えるやつがいるか。ぬるぬると尻に擦りつけられ思わずごくりと喉を鳴らしてしまってから、掠れた声で答えた。

「入れ、て……、入れて、ください……っ」

「君はほんとうに素直で、いい子だ。焦らしてほしいかな？　それとも、早く欲しい？」

「早く、欲し、い……っ。神月さん、早く」

「そんな声で請われたら意地悪できないね。君が欲しいものをあげるよ。さあ」

挿入は決して乱暴ではなかった。それでも身じろぐことさえ許されなかった。ぐっと太い先端を押し込まれて、思わず見開いた目の前が真っ赤に染まる。

「ああッ！　は……っ、あッ、あ」

神月は動きを緩めず、そのまま じりじりと侵入してきた。下手に時間をかければかえって友馬の負担になると判断したのだろう。

指で慣らされたとはいえ狭い場所に、容赦なく異物が食い込んでくる。破けてしまうのではないかという恐怖と、ぎちぎちに埋まる性器に肉を擦られる快感で、まともに呼吸もできなかった。

根元まで突き立てたところで、ようやく神月は動きを止めた。経験のない違和感に身体中汗が滲んでいるのが自分でもわかる。こんなに深い場所まで暴かれたことはなかったし、それがこうも激しい快感を呼ぶものだとも知らなかった。

「入って、る……。あぁ、こんなに、奥まで、入ってる」

誰に言うわけでもなく、ぜいぜいと喘ぎながら呟いた。神月はそれが気に入ったらしい。見あげた美貌に優しい笑みを浮かべて囁いた。

「そうだ。こんなに奥まで、入っているね。私は気持ちがいい。君は気持ちいい？」

「気持ち、が、いい……っ。裂けそ、う」

「動いてもいいかな」

あまりに太い性器を遠慮もなくずっぷりと埋め込んでおきながら、神月の声は実に穏やかだった。いやだと答えたらあっさり抜いてしまいそうだ。そんなことをされたらたまらないと、がくがく頷いてみせた。動いてくれと言いたくても言葉が出ない。

神月は満足そうにまた笑ってから、ゆっくりと腰を使いはじめた。その緩やかな動きだけでも、快楽は身体中を駆けめぐった。

ぴっちりと性器に食らいついている中を規則的に掻き回される。そこを擦って、奥まで突いて、声にならない疼《うず》きを神月はいやになるほど正確に見抜いているようだった。

「こんなセックスを君は知っているかな？」

友馬の身体がいくらかは慣れてきたころに、律動を速めて神月はそう問うた。は、は、と短く吐息を洩らしながらなんとか答える。

「知らな、い。知ら、なかった」

「愛の行為だと、わかる？」

「わかる……っ。わかる。ああ、はぁっ、たまら、ない」

濡れきった声になにを読み取ったのか、神月はそこで不意に動きを荒いものに変えた。身勝手でもわがままでもなかったが、その強さに身体が巧く追いつかない。

「ひ、あっ、や……ッ！　も、こう、づき、さんっ」

奥まで突き立てられるたびに、ぬちゅ、ぐちゅ、といやらしい音が洩れる。それに、いま自分は他の誰でもない、神月とつながっているのだと知らしめられる。

促すようにぐいぐいと深い場所を抉《えぐ》られて、身体が小刻みに震え出した。

「あぁ……、無理、もう、いきたい、いきたい……っ」

瞑《つぶ》りたくなる目をどうにか開け、神月を見つめて哀願した。彼はふっと吐息で笑い、追いあげる動きで友馬を貫いた。

「いっていいよ。伊万里くん、いきなさい。さあ」

「だ、め……ッ、いく、あ……！」

触れてもいない性器から、腹の上に精液が散った。信じられないくらいの愉悦に襲われ息もできない。この快楽はなんだ、これが愛の行為だからこんなにも充たされるのか、もう半分は機能を手放している頭で必死に考える。

愛おしいから愛しているから、愛しあっているから気持ちがいいのか。

友馬がびくびくと身体を硬直させているあいだも、神月は動きを止めなかった。引きつる内側をずるずると擦りあげられて、悦楽の波は押し寄せるまま、まったく落ち着く気配がない。

これがこの男のセックスなのだ。羽のように触れ、嘘みたいに警戒を解き、それから優しく激しく追い詰める。彼にとってはこの行為こそが愛を伝えあうものなのだ、そう思った。

だらしない喘ぎを洩らしながらしばらくは耐えた。こらえたのは多分十五分だか二十分だか、せいぜいがそんなものだったのだろうが、いやに長い時間に感じられた。

そんなに何度も何度も極めるなんてはしたない。神月に呆れられてしまう。もう開けてもいられない目をぎゅっと瞑って打ち寄せる快感を無理やり身体から追い出す。

とはいえ、いつまでも稚拙なコントロールが続くはずはなかった。狙いすました角度で強く揺さぶられ、シーツを引っ掻きながら結局は声に出した。

「あっ、ああ、も……っ、また、いく。いきた、い、お願い、だから……っ」

友馬のたどたどしい言葉に応えるように神月が零した、は、という微かな吐息はなにを意味していたのだろう。

「いいよ。いっていい。ねえ伊万里くん、私もいったほうがいいか。これ以上は君がつらいかな？」

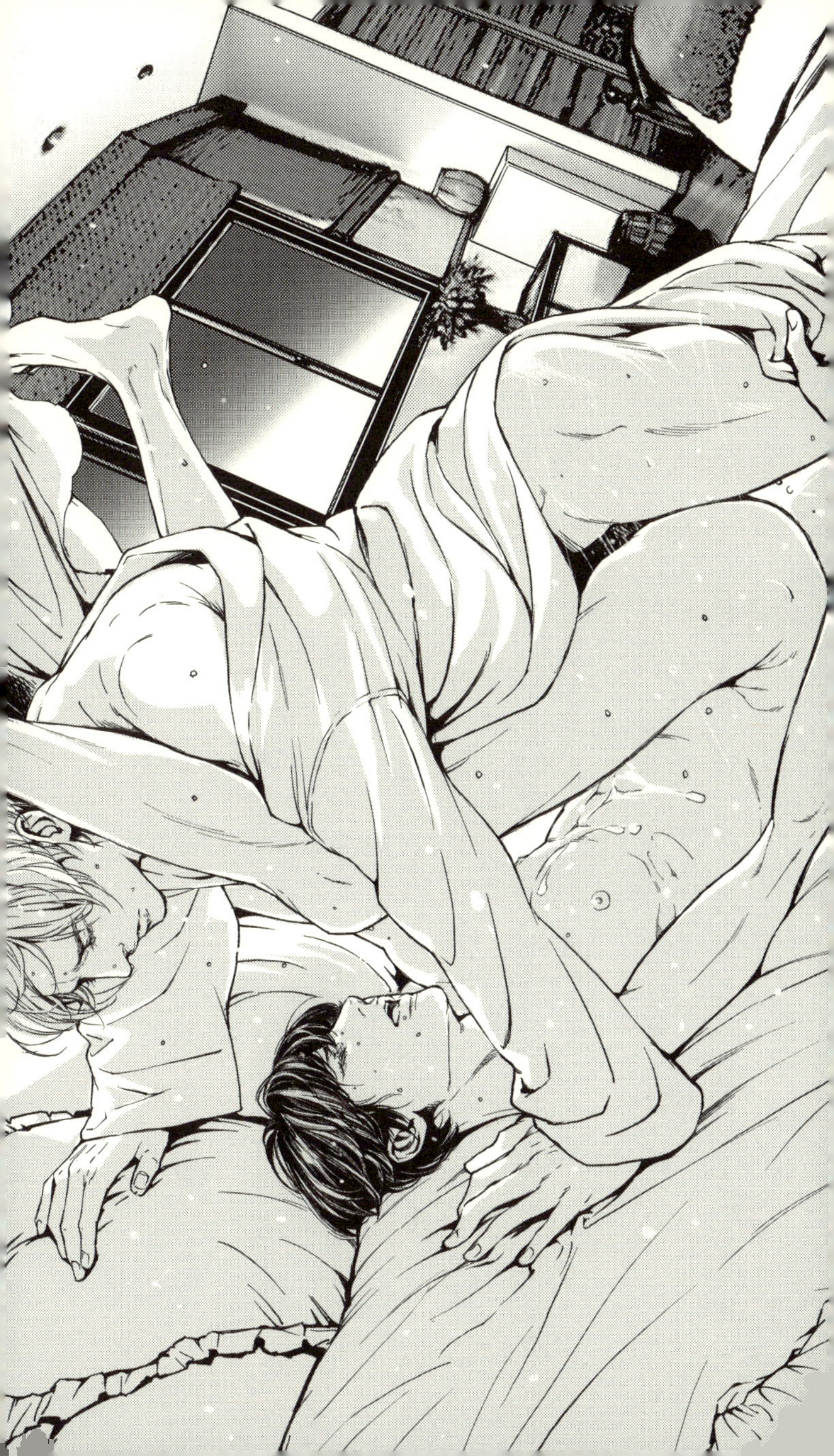

「いって……、いって、くださ、い……っ。おれで、いって！」

「可愛いんだね。ならば私がいけるように、締めてくれ」

先ほどと同じように確実な動きで奥を穿《うが》たれた。もう我慢もできず、というよりは我慢することも忘れて、二度目の絶頂に溺《おぼ》れた。

締めてと指示をされなくても身体は勝手に神月の性器を絞り立てた。彼の形をはっきりと感じ愉悦がますます濃く、強くなる。

神月はその締めつけを味わうように深く押し入り少しの間を置いたあと、最後に強く腰を使ってから性器を抜いた。腹の上に精液を放たれて、声にもならない声で呻《うめ》く。

生々しいにおいに酔ってしまいそうだった。ふたりの欲の証《あかし》が交ざりあったにおいだと思う。

押さえ込まれていた脚をそっと解放され、ようやく身体から力が抜けた。はあはあと呼吸を喘がせていると、隣に横たわった神月が不意に手を伸ばしてきた。

べたべたになった腹を指先で撫でられて、ぞくりと鳥肌が立つ。咄嗟に見つめた神月は穏やかな笑みを浮かべていた。この男はなぜそんな甘い顔をしてこんなものに触れられるのかと焦ってしまう。

「よいにおいだ」

短くそう言われて、ぱっと顔に火がついた。動揺なのか興奮なのか、あるいはよろこびだったのかはわからない。

神月はしばらく友馬の腹を、まるで精液を塗りつけるように撫でていた。それから身を起こし、枕元から抜いたティッシュペーパーで丁寧に拭いてくれた。自分でできますと言いたくても巧く声が出ない。

優しい手つきになんだか泣きたくなった。いま自分は確かにこの男と愛しあったのだと思う。

「一緒にシャワーを浴びようか」

やわらかな口調で促され、服を直した神月にならってベッドを下り、そこでぺたりと座り込んでしまった。腰が立たない。それほど無茶をされたわけでもないのにみっともないと思っても、どうにもならない。

神月はくすくすと笑って友馬の腕を摑み、引っぱり立たせた。呆れた顔も揶揄《やゆ》もされなかったことにほっとしていると、不意にふわりと抱きしめられた。

「神月、さん」

思わず名を呼んだら、耳元に囁かれた。

「愛おしいよ」

途端に目が眩んでまた座り込みそうになった。この抱擁はあの夜と同じようであり、しかしまったく違うものだ。愛しあい快楽を分けあって、いまふたりのあいだには距離がないのだと思う。

「おれも、あなたが、愛おしいです」

もっと上手に応えられればいいのに、声は掠れてしまった。

神月は、ふふ、と淡い笑い声を聞かせてから、さらに強い力で友馬を抱き寄せた。重い腕を上げてぎこちなく抱きしめ返す。

密着する身体のあたたかさが痛いくらいにしあわせだった。こんなにも充ち足りた気持ちになったことは、一度もない。


近藤に頼み、夕食も神月の部屋まで運んでもらった。

神月の部屋にずっとこもっている友馬に気をつかってくれたらしい。彼は何を言わずともふたり分の食事を持ってきてくれた。

野菜とハムがたっぷり入ったサンドイッチは旨そうだった。簡単に食べられて栄養があるものをと思案して作ってくれたのだろう。しかもふたつのバスケットに並べられたサンドイッチはなかなかの量だった。たくさん食べてくれ、そう言われているのだと思ったらなんだか嬉しくなった。

そういえば朝、神月には食事をさせたが自分は食べていない。そんなことを思い出したらようやく腹が減ってきた。当然、快い疲れも、充足感も安心感も空腹を連れてくる要因ではあったと思う。

ソファに並んで座り、ふたりでサンドイッチを食べた。神月はいつも通りおいしそうに食事をしていたが、量が量なのでさすがに持て余したらしい。最後にはまだ中身の残っているバスケットを友馬に差し出した。

「おれがこんなに食べるんですか」

「せっかく近藤くんが作ってくれたんだから残すのも申し訳ないだろう？　若いんだから食べられるよ。どうぞ」

そう言われてしまえば残すわけにもいかず、満腹の胃になんとか食料を詰め込んだ。近藤の作ったサンドイッチはひどく優しい味がした。この邸宅ですごす人間は使用人まで優しいのだと思う。

ソファの隣に腰かけた神月は、懸命にサンドイッチに噛みつく友馬を楽しそうに眺めていた。

寄り添って一緒に食事をして、穏やかな眼差しで見つめられて、もうこんなものは恋人の距離だ。そんなことを考えたら言葉にしがたいような幸福感が湧きあがり、胸のあたりがあたたかく、それから苦しくなった。

いまこの部屋には、この手には、ずっと欲しかった愛がある。愛するひと、愛してくれるひとがいる。これが、しあわせだ。

十年間も必死にもがき求めていたものは、この邸宅で華やかに咲いていた。

食後、コーヒーが飲みたいとぼやく神月に、近藤が用意してくれたルイボスティーを渡した。この男は浴びるほどコーヒーを飲むのだ。どこから見てもすっかり元気を取り戻したようではあるが、今日くらいはカフェインを控えても罰は当たらないと思う。

のんびりルイボスティーを飲みながら一時間ほどとりとめのない話をして、早々に寝ることにした。邪魔になるだろうし客室に戻るからと何度も言ったのに、神月はにこりと笑って却下した。

「君は私の見張りなんだよ？　万が一また私が倒れたらどうするのかな」

これだけぴんぴんしていればもう叩いたって蹴ったって倒れやしないだろうが、無駄に逆らうのは諦めた。それに、まだこの男のそばにいられる、同じ部屋で同じ空気を吸えるのだと思ったら単純にときめいた。

同じベッドに入り、寄り添って横たわった。違和感の残る身体を密かに手で確認しながら、またセックスに誘われるのかと不安のような期待のようなものを抱く。

しかし神月にはそのつもりはない様子だった。子猫でもあやすようにそっと友馬の髪を撫で、甘くやわらかく笑って間近に囁いた。

「おやすみ、伊万里くん」

自分と神月の、どちらが先に眠ったのかはわからない。わからないということは自分なのかもしれない。朝ふと目覚め、すぐ隣に他人の体温があることにまずびっくりし、それから昨日の出来事が鮮やかに蘇って目の前がちかちかした。

そうだ。快楽を分けあい愛おしいよ愛おしいですと告げあって、充ち足りたまま眠りについた。思い出した途端に迫《せ》りあげてきたよろこびと照れくささのせいで顔が熱くなる。

はっと横に目を向けたら、片腕を枕にして自分を見つめている神月の美貌が目に入った。とうに起きていたようで瞳ははっきりとしていた。愛おしいよ、昨日の言葉をそのまま伝えてくるような微笑みを浮かべている。

カーテンの隙間から忍び込む朝の陽で、プラチナブロンドがきらきらときらめいていた。それがあまりに綺麗で繊細だったものだから、百面相を見られていたらしいという羞恥もどこかに消えてしまった。見蕩れることしかできない。

はじめて画廊で彼に会ったのは四月のはじめだ。この邸宅に押しかけてきたのは五月になったばかりのころ、それが気づけばそろそろ五月も終わる。長くはないにせよ短くもない期間、神月を見てきた。

だから彼の華麗さなんてもう充分知ったつもりになっていたが、そんなことはなかったのだと思い知る。愛情を交わしあった目に映る彼は、いままで見たこともないほどに美しく感じられた。

「おはよう。よく眠っていたね」

にこりと笑いかけられた。そのとき不意に、強い衝動がこみあげてきた。おはようございますと声を返すことも、頷くことさえもできないような激しい熱情でもあった。

この男を、描きたい。

格好悪いだとか無作法だとか、そんなことを考える余裕はなかった。咄嗟に手を伸ばして神月が着ているガウンを摑み、必死に言いつのる。

「絵が。絵が描きたいです。描きたいものがあります」

神月は唐突な友馬の言葉に満足そうな笑顔を見せた。この男はほんとうに絵が好きなのだ、それを描く人間が好きなのだと思わせる表情だった。

「それはいいね。君は画家だ、描きなさい。さいわい我が家は画材ならなんでもそろっているし、具体的な題材が必要ならば花でも果物でも用意しよう。なにが描きたいのかな？」

「あなたです。神月さんを、描きたい」

「私？」

神月は驚いたのか、幾度かぱちぱちと目を瞬かせた。あまり見ない表情だ。それから片手で髪を掻きあげ、どこか嬉しそうに目を細めて答えた。

「いいよ。モデルが欲しいなら用意すると言ってしまったからには、つきあおうか。君は描きたいものを描きたいように、自由に描くんだ。なにに囚《とら》われることもなく思うままに描けばいいんだよ」

「ありがとう、ございます」

つかえながら礼を言う。一度自覚してしまった欲望はなかなか静まってはくれなかった。早く描きたい、早くキャンバスの前に立ちたい、そんな思いがぐるぐると頭の中を駆け回る。

こんなふうに、まるで急き立てられるみたいに絵を求めたことがかつてあったか。

とはいえ、それじゃあといきなり絵筆を握るわけにもいかない。昨日はすっかりさぼってしまったので、居候としては朝食の準備くらいはすべきだろう。主より先に神月の部屋を出て客室に戻り、着替えをすませてからキッチンへ下りると、すでに近藤が来ていて包丁を握っていた。

「あれ。おはようございます。神月さんはもう平気なんですか？」

「大丈夫です。もう大丈夫です。昨日は、旨い食事をありがとうございました」

不安げな顔で訊かれたので、なるべくしっかりとした声で返し頭を下げた。近藤は照れたように「いやいやいや、がきが風邪ひくとばあちゃんが作るやつと一緒」と笑った。

ふたりで用意してテーブルに並べた食事を、いつも通り神月と誠也、友馬で食べた。誠也はダイニングルームに姿を見せた神月を認め、心底ほっとしたように言った。

「よかった。ちゃんと回復したみたいですね、元気そうです。ほんとうにもう、一昨日《おととい》みたいなことは勘弁してください。心臓がもちません」

「申し訳なかった。おかげでもうすっかり元気だよ。ねえ伊万里くん」

ちらと眼差しを向けられ、まともに視線も返せずにうつむいた。確かにこの男はもうすっかり元気だろう、ふと昨日のセックスを思い出して頰が熱くなる。こんな情けない顔を誠也に見られていませんようにと祈った。

食後にコーヒーを飲みながら、神月に言い聞かせる誠也の声を黙って聞いていた。医者としての指示ではあるのだろうが、単純に、主への申し入れでもある口調だった。彼らの立ち位置が徐々に元へ戻ってきていることに、なんだか安心してしまう。

「昨日電話で、要所には神月さんが体調不良であることを伝えてあります。秘書のかたが仕事についてはなんとかしておくと言ってましたから、諦めて数日はここでのんびりしてください」

「それなりに忙しい時期なんだが。画廊の改装をしていてね、それから何人か画家を」

「いま都内に神月さんが顔を出したら追い返してくれと頼みました。あと、遠出をするときには無理にここまで帰ってこないでください。神月さんに相応しいホテルなら都内のどこにでもあります。お願いですから今回ばかりは、僕の言うことを真面目に聞いてくれませんか」

神月は困ったなというようにまず視線を高い天井へ向け、それからひとつ小さな溜息をついて「わかった。しばらく大人しくしているよ」と答えた。城主様でもドクターの意見は無下にできないらしい。この男は誠也を大事にしているのだと思ったらこころがあたたかくなった。

近藤とふたりで食器を片づけ終えたころに、神月がひょいとキッチンに顔を出したことには驚いた。普段の彼は使用人のテリトリーまで侵入してくることはない。

「近藤くん。伊万里くんはようやく画家をやる気になったようだから、今日からちょっと君の手伝いができなくなるかもしれない。ごめんね」

「承知しました、大丈夫です。もともと自分ひとりでやるべきことですから」

「いえ、あの。食事の用意くらいはできますから」

腕を掴まれ神月にキッチンから連れ出されながら、慌てて口にした言葉はちゃんと近藤に聞こえていたのだろうか。

案内されたのは、邸宅の南側にある知らない部屋だった。掃除で入ったこともない。この贅沢な家には自分の知らない空間があとどれくらいあるのかと半ば呆れ、半ば感心した。

一面が天井から床までの窓であるため部屋は陽射しで明るく、これもまた馬鹿みたいに広い。その片側に、イーゼルやキャンバスがきちんと整理されて置かれていた。棚には絵の具や絵筆、テレピンなどの画材がきちんと並べてしまってある。

「以前ここはアトリエだったんだよ。いまは画材置き場になっているがね」

神月の説明にまず納得して頷き、それからふと疑問に思って訊ねた。

「都地先生は離れで絵を制作してるんですよね。だったら、ここは誰のアトリエだったんですか」

「誰の、か。それは当然、絵を描くことが好きな人間がここに立ったんだろう。いまの君と同じように」

神月の返答はなにかをはぐらかしているように聞こえた。彼が答えたくないなら追及するのもおかしいか。もうひとつ頷いておいたが、どうにもこの邸宅ではときどき巧くはぐらかされることがあるなとは感じた。

広い部屋を見回し、素っ気なく隅に置いてあった椅子を慎重に中央まで運んだ。無造作に放置されてはいてもアンティークものの家具だ、間違いなく値は張るだろう。埃のひとつもついていないのは、近藤が丁寧に掃除をしているからだと思う。

太陽光が当たる角度を確認して、「座ってもらってもいいですか」とそろそろと神月にお願いした。友馬の遠慮がちな口調が面白かったのか、神月はくすくすと笑って答えた。

「ああ。では画家の言いなりになろうか。格好よく描いてくれよ」

あっさりと椅子に座ってくれた神月にほっとして、その正面にイーゼルを置き、キャンバスを載せた。特にポーズを要求せずとも彼は常に綺麗な姿勢をしているから、このまま描けばいいだろう。

棚から画材を取り出しながら、そこではっとして神月を振り返り慌てて言った。

「すみません。あれこれ勝手に借りてます。そのうちちゃんと買って返します」

「別にいいよ。なんでも好きに使いなさい、いまこのアトリエは君のものだ。しかしまるで以前から知っていたように自然に動くんだね、君は確かに画家だ」

自分の図々しさにいたたまれなさは感じたが、神月がさらりと流してくれたので安堵した。それから、君は確かに画家だという短い言葉になぜか妙に高揚する。

堺の家を出たときに、もしかしたらもう二度と絵を描くことはできないのかもしれないと覚悟はした。それでも自分はいま絵を描ける。描きたいものを自由に描ける。

キャンバスはすでに地塗りがしてあった。都地が塗ったのだろう。そんなに大事なものを使っていいのかという戸惑いと、そんなに大事なキャンバスに絵を描けるという興奮にぞくぞくした。

「ほんとうに、使っていいんですか。都地先生のものなんじゃないですか」

確認すると、神月はまたくすりと笑った。

「好きに使いなさいと言ったのは私だよ。キャンバスを張るのも地塗りをするのも都地の仕事ではない。気にしなくていいよ」

都地ではない。では誰だ、とは思っても、神月があえて明言を避けたのならば、これも突っ込んで訊いてはいけないことなのだろう。

普段はクロッキー帳に何パターンかエスキースを描くが、今回は必要ないと判断した。頭の中で構図を決め、キャンバスに木炭で下描きをする。

いままでにないくらいにするすると手が動くことに、自分でびっくりした。いつでも頭を抱え唸《うな》りながら、自分の中にあるもっとも汚い感情を無理やりキャンバスに写し取るのだ。なのに、神月が前にいれば、神月のそばにいれば、あふれ出すものは甘く優しい思いだけだった。

この美しい男を、姿もこころも描き出したい。その情熱は自分にとって極めて自然なもので、また、朝感じた衝動よりもさらに強くあたたかかった。

神月は椅子に座ったまま、キャンバスの前に立つ友馬へ軽やかに声をかけた。

「真剣な顔をしている。だが、決して苦しくはない、そうだろう？　私は画家の、そういう表情を見るのは好きだよ」

神月の言葉にふと画廊での、それから湖でのやりとりを思い出して返す言葉に困ってしまった。苦しいんだね、苦しそうだね、彼はそのようなセリフを自分に聞かせた。確かにあのときの自分は苦しかったのだと思う。

神月に、そして『まこと』に出会わなければ、いまもあの苦悩の中にいたのだ。愛の意味も幸福の手触りも知らなかったのだ、そう考えたら不思議な息苦しさを覚えた。

愛を、幸福を、教えてくれたのは神月だ。もしこの先彼を失うことがあれば自分は壊れてしまうだろう。

友馬の表情からなにかを察したのかもしれない。神月はやはり心地のよい口調で言った。

「愛するひとを描けば、愛が宿るものだよ。その愛は、決して消えない。君の絵に愛が宿ると嬉しいね」

「愛が、宿る」

無意識にくり返してから、その自分に気がついた。神月の言葉はあたたかいナイフのように胸に刺さった。

確かに『まこと』には愛が宿っていた。だからこそ魅せられた。だからこそこころを撃ち抜かれたのだ。あの絵は都地が真に愛するものを描いたからこそ、あふれんばかりの愛を宿したのだろう。

では自分はいま目の前のキャンバスに、愛を宿すことができるのか。

「やっぱり『まこと』は、都地先生が誠也さんを描いたものなんですか」

手を動かしながら問うた。それに対する神月の返答は意外なものだった。

「違うよ」

もうほとんど誠也だと信じ込んでいたので、木炭が手から滑り落ちそうになるほどびっくりしてしまった。そして、以前訊ねたときにはさらりとかわした神月が、いまひとつの事実を明かしてくれたことにも驚く。

「違う？　そうなんですか？　じゃあ、『まこと』に描かれているのは誰なんですか」

「それはもちろん、絵筆を持った人間が心底愛するひとだろうね」

しかし神月には、それ以上を語るつもりはないようだった。もっともらしいセリフでまた逃げられてつい眉をひそめる。この男のことだ、喋らないと決めてしまえば決して喋らないだろうから黙るしかない。だが、かえってその理由が気になった。

違和感、というよりも不自然さを感じた。画商として絵の由来をぺらぺら説明しないことが美学なのかと思っていたが、そういうわけではないのかもしれないと思う。

神月は、ただ言いたくないのか。言えないのか？　なにか、自分にはわからないような強い思い入れがあるのか。

そのときかたりと背後で小さな音がした。はっと振り返ったら、アトリエの入り口に誠也が立っている姿が目に入った。

再度の不自然さを覚えて戸惑う。彼はどこか複雑な顔をしているように見えた。彼のこんな表情を見たことは一度もない。

「アトリエにひとがいるようだったので気になって。邪魔をしてすみません」

早口でそう言い、誠也はすぐに背を見せ廊下を去っていった。その後ろ姿がどうにもこころに引っかかる。

誠也はなにを気にしたのか。なぜあんな顔をしたのか。あるいは神月と自分の会話を聞いていたのか。

彼にも神月同様、『まこと』に描かれた人物になにか強い思い入れがあるのかもしれない。だとしたら、それはなんだろう。

誠也ではない、都地が愛した男は、誰だ。

「伊万里くん。手が止まってしまったね」

神月にやわらかく促され、慌ててキャンバスに向かいあった。中途半端な下描きを見て、それから神月に目をやったら、にこりと優しく微笑まれた。

単純なもので、その美貌にどきりとしているうちに、感じた不自然さはすぐにどこかへ消えてしまった。それが誰であれ都地は愛するひとを描いたのだ。ならば自分も描くべきだ、描きたい、そんな思いにあっさり頭を占領される。

それからはしばらく黙って手を動かした。あまり神月を拘束するのも申し訳ないと急ぎはしたが、なんとか下描きを終えたときにはもう昼近くになっていた。

一歩下がって眺めた下描きは、悪くなかった。ここに色を乗せ、愛を乗せたらどんな絵になるのだろう。愛はほんとうに宿るのか。不安というよりも期待で胸が高鳴った。

フィキサチーフを吹きかけ木炭を固定してから神月に声をかけた。

「あとはもうひとりで描けると思います、あなたの姿は覚えてるから。ありがとうございました」

小さく頭を下げると神月の微かな笑い声が聞こえてきた。顔を上げたら実に嬉しそうな表情をしている神月と目が合い、少しうろたえた。

「さみしいことを言わないでくれ。私が倒れたと誠也くんが言いふらしてくれたようだから、数日、昼間は暇になってしまった。我が家のお医者様は怖いから無理に出かけるのもなんだし、明後日もつきあうよ」

「でも、迷惑じゃ」

「迷惑ならはじめから言わないだろう？　さて、進捗はどうかな、見てみたい」

神月は椅子から立ちあがり、軽い歩調で歩み寄ってきた。慌ててキャンバスの前から足を踏み出して、近づこうとする神月の胸に手をつき身体を押し返す。

「駄目です。完成してから、ちゃんと見せますから」

「私は画商だよ？　描きかけの絵を見ることはたくさんあるよ」

「これは駄目です。まだ見ないで。愛が、宿ってから。全部、写し取ってから」

たどたどしく言いつのり、ふっと笑う神月の腕を摑んでアトリエの入り口へ引っぱった。この男にこんな真似をしていいのかとぞくぞくしたが、こうでもしなければ彼はキャンバスを覗き込んでしまうだろう。

「なるほど、興味深いね。余計に見たくなった。愛が宿る過程を楽しんではいけないのか？」

「もう、昼食の時間ですから。おれは腹が減りました。早く行きましょう」

苦しまぎれに返して、神月の腕を摑んだまま早足で廊下を歩いた。神月は、はは、と珍しく陽気に笑って友馬に従った。

彼に触れるてのひらから服越しに体温が伝わってくる。そのあたたかさをもう自分は知っているのだ、そう思ったら身体中が熱くなった。

この絵で神月へのあふれる愛が表現できるのならば、この熱も、感じるよろこびも、すべての思いをキャンバスに重ねてから見てほしい。

それから数日間、昼間は絵を描いてすごした。

神月と向かいあい神月を描く、それは信じられないような充ち足りた時間だった。いままでにないほどスムーズに手が動く。油絵の具は従順で、テレピンの香りまでもがいやに快い。

あの日以来、神月とはキスもセックスもしていなかった。発情期の猫みたいに盛るのは趣味でないのだろうか。

彼の態度を見ていれば遊ばれたとは思わないが、少しさみしい気もした。くちづけをしてほしい、抱きしめてほしい、身体の中に入ってきてほしい。だが、それがなくとも飢えは感じなかった。アトリエで神月と見つめあう時間は、セックスと同じくらいに濃密だと思う。

友馬がアトリエに立つことを近藤はよろこんでいるようだった。いくらやりますからと言っても、食事の用意以外の家事をさせてもらえない。

鍋を火にかけながら機嫌のよい声で、いつか近藤が言った言葉は覚えている。

「画家は絵を描くもんでしょう。おれは絵なんかよくわかりませんけど、神月さんがそれにすべてをかけていることも、友馬さんが同じであることも、わかってますから」

「すみません。でも、夜は暇だから掃除くらいなら」

「なに言ってるんですか。おれは画商と画家が住む家で仕事してるんですよ。こういうのはね、役割分担っていうんです。おれは絵が描けない分家中ぴかぴかにするから、気持ちよく描いてくださいな」

近藤がなぜ、どんなきっかけでこの邸宅で働くことになったのかは聞いていない。特に意味などなくただ金のためなのかもしれない。それでも、神月がどうして彼を使用人に選んだのかはわかったような気がした。

神月はほんとうに数日間友馬につきあいアトリエの椅子に座ってくれた。彼はいつでもにこやかで、面倒そうな顔も、迷惑そうなそぶりも見せなかった。

ただいつか、どこか困ったような顔をしてこう言った。

「できれば一日中つきあってあげたいが、夜は無理かな。申し訳ない。都地のところに行かないといけないんだよ」

慌てて「そんなの都地先生を優先してください」とは返したが、妙な引っかかりは感じた。

どうして夜なのだろう。ずっと不思議に思っていた神月の行動をはっきり言葉で示されると、余計に気になる。

都地が体調を崩しているのであれば、夜はそっと寝かせておき、昼間に会いにいったほうがよいのではないか。日中は神月が忙しいのはわかるが、病気で療養中の人間が暮らす離れへ夜中に顔を出せば、それこそ都地が疲れる。

そうではなく都地は完全に夜型の人間なのか。いつか誠也から聞いた病気はそういうものなのか？

夜の離れで神月と都地はどんな話をするのだろう。画商と画家として、それとも親しい人間として向かいあうのか。そして都地はいまどんな絵を描いているのか。訊いてみたくても、踏み込んではいけない領域のような気がして問うことができなかった。

自分も都地と話をしてみたい。せめて絵を描く姿を見てみたい。それは無理なのだと何度も諭され、最初のころのように無茶は言えなくなってしまったにせよ、思いが変わることはなかった。

しかし、その思いに別の情熱が、まるで塗りたての絵の具みたいに混ざりあってきていることは知っている。いま自分は、目の前のキャンバスに神月の色を乗せることに必死なのだ。これが精一杯だと思う。

そうだ。都地のような、もっといえば『まこと』のような愛にあふれる絵を描きたいのだ。都地の暮らすこの邸宅で知った、神月への愛を描きたい。

数日が経ち、絵を描き終えたときにはいつのまにか六月になっていた。

はじめてアトリエに立ったとき、迷惑になるからと遠慮はしたものの、神月が実際にキャンバスの向こうにいてくれるのは嬉しかった。彼に時間がある数日のあいだに描ききれてよかったと密かに胸をなで下ろす。

油絵の具が完全に乾いてから次の絵の具を重ねていくような普通の方法ではなく、早描きの手法を取った。苦手ではない、というよりはむしろ得意だった。テーマがテーマであるから、のんびり何週間もかけて描いていたら生々しい感情が逃げていってしまうような気がする。

堺の元で身につけた技法がこんなところで役立つとは思わなかった。あの男が自分からある種の感情を奪ったことは間違いない。しかし、こうして絵を教えてくれたことも、少なくとも教える程度には自分の絵を買ってくれていたのも事実なのだと素直に思った。

堺から与えられたものは、確かにある。神月に出会っていなければ、こんなふうには考えられなかっただろう。

完成した神月の人物画は、自分でも見たことがないような甘く優しい絵になった。

絵筆を置いて一歩引き客観的に眺めたときに、正直、自分でも驚いてしまった。おこがましいにもほどがあるとは思うが、ひとりこんな感動を覚えた。

この絵は、『まこと』と同じように愛を宿している。

都地からなんの教えを受けたわけでもないのに、というより会ってもいないのに、描けるのか。自分が描きたかった絵はこれなのだと思った。

そうではない。教えなら受けている。自分は神月から、愛を教わった。

「……できました。これで終わりです。見て、ください」

しばらく絵を見つめ、不足がないことを確認してから告げた。思いなら絵で語るべきだ、だからなるべく感情が出ないようにと気をつけはしたが、成功したのかはわからない。

神月は綺麗な所作で椅子を立ち、真っ直ぐに歩み寄ってきた。数歩の距離を置いてキャンバスの正面に立つ。完成するまでは見せられないといままで拒んできたので、彼がこの絵を目にするのははじめてだった。

神月は美しい姿勢で、黙ったまま、じっと絵を見ていた。

画商として絵の価値を判断しているのか、ただひとりの人間として観賞しているのかはわからなかった。そもそもなにを感じ、なにを考えているのかもその横顔からはまったくうかがえず、心臓が痛くなるくらいに緊張する。

この絵は神月の合格ラインに達しているのか。彼の好みに合致しているのだろうか。

しばらく無言で絵を見つめていた神月は、それからふと見慣れた仕草で髪を掻きあげて問うた。

「この絵のタイトルは、なんというのかな」

彼と同じようにしばらく黙って考え、言うべきか言わないでおくべきかに悩み、結局はぼそぼそと口に出した。

「この絵の、タイトルは、『あおい』です」

はじめて彼と出会ったときに差し出された名刺で知った、神月の名だ。

神月はそこでようやく、隣に突っ立っている友馬に視線を向けた。この丘に吹く心地よい風より澄みきった、そして夜空の星のようにきらきらときらめく緑色の瞳に、見蕩れた。

彼のその目は一度も見たことがないものだった。いつでも穏やかでやわらかな男は、いままるで子どもみたいに素通しの感情を瞳に映している。

神月のこころにあるものは、よろこび、なのだろう。

不意に彼の両手が伸びてきて、強く抱き寄せられたものだからびっくりした。こんなふうに抱きしめられるのは、セックスをした日以来だった。

ふと濃くなった香水のにおいに、くらくらする。彼が香水をまとうのは画商ではないとき、ただひとりの人間として存在しているときだ。そう考えたのは確か、この邸宅に押しかけてきた夜だった。

「伊万里くん。君は、こんなにも私を愛しているんだね」

耳元に聞こえた神月の声は優しく、また、どこか高ぶりを感じさせるものだった。そんな声もやはりいままで知らなかった。

「この絵には愛が宿っている。あたたかい。いや、熱いくらいだ。私がお願いした通り、君は情熱を教えてくれたよ、ありがとう」

「おれ、は。あの」

「この絵を見ても自覚できないのか？　それとも愛を囁くのは苦手かな。愛していると言えばいいだけだ」

神月の言葉に思わずごくりと喉を鳴らしてしまう。セックスのあとに囁く愛おしいですのひとことと、こんな場所で告げる愛していますという言葉のあいだには難度の差があると思う。

だとしても、いま言うべきだろう。きつく抱きしめられたまま息を喘がせ、なんとか口に出した。

「愛し、ています。おれは、あなたを、愛しています。もう知っています」

「それでいい。私も君を愛しているよ。もう知っているよね」

腕を緩めた神月に、急くように唇を重ねられた。こんなことをされるのもあの日以来で、しかもあの日より熱っぽいくちづけだった。

彼が『あおい』になにを感じたのか正確なところはわからない。それでも、この男はきっと嬉しかったのだ、絵に宿る自分の愛を受け取り受け入れてくれたのだということはわかった。

それが、嬉しい。

優しくついばんで、甘く見つめあって、そんな手順は省き、いきなり舌を入れられぞくぞくと鳥肌が立った。神月は肌を合わせたあの日よりよほど自分を欲しているのかもしれない、そう思ったら一瞬で身体に火がついた。

強引なまでのキスに目を開けていることができない。震える瞼を伏せ、今日は躊躇せずに挿し入れられた舌を吸い、すぐに絡めあわせた。彼が欲しがってくれるというのなら、それ以上に自分だって欲しいんだ。ぬるぬると彼の舌を追いかけ、どうか思いが伝わってくれと願う。

生ぬるい粘膜が触れあう場所から、じわりと快感が肌に広がった。気持ちがいい、溶けてしまう。自分にこんなキスができるのは、それから自分がキスひとつでこうも酔ってしまうのはこの男だけだろう。

「君の唇はおいしいね。愛の味かな。ああ、そんなに蕩けた顔をしないでくれ、襲ってしまうよ」

「は……っ、あぁ、も、おれは、愛を知って、るから……っ、味、わって」

舌を吸う合間、僅かに離れた唇の隙間へ神月が囁いた言葉に、掠れた声で返した。彼が教えてくれた愛は強く尊いものだ。その前では苦しみも哀しみも姿を保てない。まといつく翳さえ掻き消えてしまうくらいに、眩しい。

神月は友馬の答えに満足したのか、あの日と同じように、ふふ、と甘ったるく笑って再び深く唇を合わせた。

濡れた唾液の音にあおられて思考まで飛んでしまいそうだった。彼の言う通りいま自分は蕩けた顔をしているに違いない。だが、それを隠そうなんて冷静さはとうにどこかへ逃げてしまっていたし、彼を相手にいまさら隠す必要もないだろう。

キスに耽《ふけ》る横顔に、ふと視線を感じたのはそのときだった。

薄く目を開けたら、視界の端に誠也の姿が映り込んだ。アトリエの入り口に立っている。見られた。早く神月から離れなくては、と思う前に、誠也はすぐに背を向け足音もなく廊下の向こうへ消えていった。彼は数日前と同じ、どこか複雑な顔をしているように感じられた。

主が居候と抱きあっていることへの嫌悪というわけではないのだろう。そんな表情ではない。ふたりを見つめていたのはもっと底の知れない、いってしまえばそれこそ苦悩を秘めた眼差しだった。

あの男はなにを思った？　なにを感じて、なぜ秘めた。

友馬を貪る神月からは誠也が見えてはいないようだった。戸惑う友馬が微かに身じろいでもまるで相手にする様子はなく、熱いくちづけを味わっている。

誠也がいたのだと訴えようとは思ったが、見られたものはもうしかたがない、言い訳のしようもないかと諦めた。そもそも焦るだけの理性は残っていない。再び目を閉じて差し出される神月の舌に噛みついたら、その甘さにあっさりと誠也の姿も意識から消えた。

啜りあう唾液がおいしいと感じたのはあの日と同じだった。これが、神月が言った愛の味なのか。そんなことを思ったらたまらなくなった。

欲しい。もっと舐めてほしい、吸ってほしい。もっと舐めたいし吸いたい、彼のキスで身体の色が変わってしまえばいい。

「愛しているよ」

時間の感覚もなくなるくらいの長いキスのあと、濡れた唇で神月は優しくそう囁いた。くったりと座り込みそうになる友馬を腕で支え、再びイーゼルに置かれたままの絵を見つめる。

「あおい、か」

呟く彼の声は、どこか切実に胸へ届いた。

「この絵を私の画廊に飾れたら、どんなにしあわせだろうね」

『あおい』を完成させたという高ぶりは、何時間経っても抑えられなかった。

だからこそもう一度『まこと』が見たい、そんな強い欲に囚われた。

自分の絵には『まこと』と同じくらいに愛が宿っているだろうか。愛にあふれているか。愛を知り、愛を描いたいまの目で『まこと』を見たら、なにを感じ取れるのだろう。

食事を終え、近藤も帰った二十一時すぎ、神月の許可をえてひとり都地の作品置き場に足を踏み入れた。壁一面に飾られたたくさんの絵に、やはり圧倒されてしまう。

視線で探すと、相変わらず『まこと』は、まるで隠すかのように部屋の隅へ無造作に置かれていた。前回この部屋に入れてもらったときには興奮のあまり気にもしなかったが、いまになってようやくそれを不思議に思った。

神月にとっても『まこと』は特別な絵であるはずだ。だからこそこの絵はここにあるのだ、彼は『まこと』を売ってしまうことができないのだ。

愛はあると神月はあのときに言った。それからどこか愁いを帯びた表情をして、こうも言った。

――だが、この絵がひとをしあわせにできるかどうかは、わからない。私には、わからない。

なぜ『まこと』は隠されているのか。大事な絵であるのなら一番目立つ場所に飾ればいいだろう、なのにどうしてそうしないのか。

そして神月はなぜ、あんなことを言ったのか。

小さな疑問を腹の中にのみ込んで、『まこと』の正面に立ちしばらくじっと見つめていた。いくら違うと教えられても、なんとなく誠也に似ているとまた思った。

この絵に描かれた人物が誠也でないのなら、では誰なのか。都地が愛し描いた男は、いまどこでなにをしているのか。彼もまた都地を愛したのだろうか、神月が自分を愛してくれるように都地を愛してくれたのだろうか、そんなことをなんとなく考えた。

愛が双方向性でないのなら、それはとてもさみしいものなのではないか。

『まこと』を目にするのはこれで三度目だった。一度目は神月の画廊で、二度目は五月になったばかりのこの部屋で、そして三度目は六月のはじめ、いまだ。

何度見ようとこみあげてくる感動や興奮をなんとか抑え込み、可能な限り冷静な視線で観察する。技術面では遠く及ばないにせよ、あふれる愛についてだけは『あおい』だって引けを取らない。そう思ったら、いままでとは違う熱情のようなものが湧き出してきて対処に困った。

堺の元にいたときには、自分がなにを描きたいのかさえわからなかった。神月の画廊で『まこと』を見てようやく自分の求めるものを知った、そしてその絵を描いた。言葉にして誰かに訴えたい、この思いを聞いてほしいのに、いまは隣に神月がいない。

大きくひとつ深呼吸して首を横に振り、そうではない、冷静にと自分に言い聞かせて再度『まこと』に目を向けた。技術面でもこの絵に追いつきたい。『あおい』を真にひとを惹きつける絵にするにはどうしたらいいのだろうかとじっくり見つめる。

そこでまた、ふと違和感を覚えた。

『まこと』に描かれたあふれんばかりの愛は、『あおい』とはなにかが違う、ように思える。

それがなんであるかを言葉にすることは難しかった。ほんの僅かな、微妙な差異だ。どちらも愛であることは間違いない、こころの底から自然と湧きあがる愛だ。だが、違う。

強いていうならば、哀しみか。『まこと』の愛には哀しみが潜んでいるのか。あるいは、決意。あるいは、諦念。あるいは密かな、歪み？

触れていいものかと少し悩んでから、そっとキャンバスに手を置き裏側を覗き込んだ。都地のサインと制作年が美しい字で記されている。展示会で見た記憶にある通り、『まこと』が描かれたのは二年前だった。

都地の作風が変わったのは五年前、だから『まこと』は新しいスタイルで描かれた絵ということになる。

改めて、ぐるりと広い部屋を見回した。いつかも感じたように、都地の絵における五年前の変化は進化だったのだと思う。五年前に都地になにがあったのだろう。どうしてこの、より活き活きとした感性が、まるで軽々と断層を越えるように彼に宿ったのか。いくら絵を睨んでもわからない。

スケッチブックから切り取っただけの、湖を描いた水彩画に目をやった。そしてその断層を埋める一枚の小さな風景画はなにを意味している？

そのときに、ふと淡い煙のにおいを感じた。

この邸宅には煙草《たばこ》を吸う人間はいない。近藤はもう帰ったあとだから、派手に魚でも焦がしたわけではないだろう。不審に思っていると、ノックもなしにいきなり誠也が部屋に踏み込んできたので、飛びあがるほど驚いた。

荒々しい歩調だった。慌てて顔に目を向けたら、誠也はかつて見たこともないような追い詰められた形相をしていた。

ぎょっとしてしまった。ここにいるのは確かに誠也であるのに、まるで別人だ、そんなふうに思った。

「どうしました。この煙、なんですか」

「僕が家に火をつけた」

おそるおそる訊ねた友馬に答える誠也の口調は静かだった。表情に相応しくない声にまず寒気のようなものを感じ、それからその内容に驚愕《きょうがく》する。

「消防なんて近くにいないから、いずれこの家は焼け落ちる。水をかけようが消火器を使おうが、火の回りには間にあわない」

「家に火を、つけた？」

「そうだ。もう、限界だ。すべてを騙《だま》し続けることも、これ以上父を苦しめることも、あのひとを父に縛りつけておくことも、もう耐えられない」

誠也がなにを言っているのか、まったくわからなかった。ただ、限界だと声にしたときの彼の表情はひどく痛ましく、また決死の覚悟を感じさせるものだった。それだけはわかった。

この男は冗談を言っているわけではない。冗談であるならばそんな顔はできない。

この男は頭がおかしくなってしまったわけでもない。その行動は彼なりの思案、思考の結果に取られたものなのだろう。

そうではないのか。彼の思考は、限界とやらによって奪われてしまったのか。

咄嗟に動けずにいる友馬に向かい、誠也はそこで表情にふと苦悩を滲ませてこう言った。

「こんな檻《おり》からあのひとは、君と逃げ出すべきなんだ。愛するひとと、逃げるべきだ」

やはり意味は理解できなかった。檻。檻とはなんのことだ。それでも、彼が発したあのひとという言葉は神月をさすのかということは察せられた。神月と誠也、都地しかいない邸宅で、他の誰に言及するというのだ。まさか近藤ではないだろう。

そして、愛するひととは自分のことだ。誠也はアトリエで自分と神月が抱きあっていたことを知っている。

呆然《ぼうぜん》と見つめた誠也の目は、淡々とした声を裏切りぎらぎらときらめいていた。まるで冷たい炎が燃えさかっているようだ。いつでも穏やかで優しい男の内側にはこうも激しい感情が潜んでいたのか。息をのんでそう思った。

狂気じみている。正気の中に宿る狂気が、誠也の言葉を借りるのならばもう耐えられないと正気を押し潰してしまったのかもしれない。

開け放ったドアからじわじわと確実に煙が忍び込んできていた。誠也がどこに火をつけたのかまでは知らないが、広い邸宅なので一瞬で燃え尽きるということはないだろう。とはいえ木造の洋館だから、彼の言った通りいつか焼け落ちるのは間違いない。

どうしたらいいのか、なにを言えばいいのかもわからず目を見開いたまま突っ立っている友馬に、誠也はやはり飄々《ひょうひょう》とした調子で告げた。

「神月さんが離れにいる。すぐに彼を連れてこの家から外に出てくれ。僕ではおそらく、あのひとを説得できない」

説得できない。また意味のわからない言葉を使われて戸惑い、それからはっと我に返った。転がるように部屋を出て、迷路のごとき廊下を駆ける。

煙は予想以上に充満しており途中で息苦しくなった。目も痛い。しかしそんなことはこの際どうでもよかった。早く神月を助けなくては、早く早く、もうそれしか頭にない。

十年前に家族が死んだ。あのときのように彼があっさり死んでしまえば、もうなにを支えに生きていけばよいのかわからない。

離れに続く細い廊下を奥まで走った。決して開けるなと言われたドアの前に立ち、はあはあと息を乱したまま意を決してノブを摑む。ひとの命がかかっているのだ、こんなときにためらってなどいられないだろう。

はじめて開けたドアの向こうには、まだ廊下が続いていた。その両側に、この洋館にしては比較的新しいドアがいくつか並んでいる。都地が療養するようになってからいくらか建て増したのかもしれない。想像していたよりも広い離れだった。

手前から順にドアを開け放った。バスルーム、洗面所、簡単なキッチンと倉庫、神月の姿は見当たらず、まだ顔も知らぬ都地も見つからない。

煙は離れにまでただよってきていた。それに焦りを誘われた。人間は火事の際に煙で死ぬこともあるとどこかで聞いた。ならば早く見つけて連れ出さなければ彼らは死んでしまう、そう思ったら血の気が引いた。

廊下の一番奥、残る最後のドアを、ここにいてくれと祈る気持ちで勢いよく開けた。

ドアはえらく広い一室へ通じていた。途端に目に飛び込んできた光景に、足が凍りついた。煙に喘いでいた呼吸さえ一瞬喉の奥に詰まってしまう。

部屋には大きなベッドが置いてあった。そこに、痩せ細った男がひとり人工呼吸器をつけられ横たわっている。

その手前で、イーゼルとキャンバスを置き絵筆を握って立っていたのは、神月だった。

ベッドに寝たきりの男はもう意識がないのか瞼を伏せている。どくどくとこめかみのあたりが脈打ち頭が痛くなった。この男は都地だ。都地誠一郎だ。いまいる離れは彼のために用意されたものなのだから考えるまでもない。

都地誠一郎だ、そして、『まこと』に描かれた男だ。

それははっきりとした確信だった。いくら『まこと』が抽象画の手法を取り入れたものであるからといって、本人を目の前にすればさすがにわかる。

都地の顔立ちは誠也に似ていた。だから、てっきり『まこと』は誠也を描いたものだと思い込んでいたのだ。都地が愛する息子を描いた愛あふれる絵、だが、それは真実ではなかった。

二年前、『まこと』を描いた人物とは。

頭から電気でも通されたみたいに、すべてを理解した。

寝たきりの都地にはもう絵が描けない。そのかわりに制作を続けていたのは、神月だ。おそらくは作風が変わった五年前からずっとそうなのだ。

『まこと』は神月が、愛する画家を描いた絵だ。そう考えればすべてのつじつまが合う。

どうしても都地には会わせられないと、神月も誠也も頑なに友馬を拒んだ。なぜか。会わせてしまえばもう都地が絵筆を握れないことも、別人が作品を描いていることも露呈してしまうからだ。

近藤は都地の世話どころか離れに近づくことも許されていなかった。なぜか。これもやはり彼に任せれば事実がつまびらかになってしまうからだ。

神月は暇さえあれば夜、離れにこもっていた。彼はここで毎晩のように絵を描いていたのだ。都地が寝たきりであるのなら昼も夜も関係がない。ならば時間に余裕のある夜に作品を制作するのはもっともだろう。

神月が倒れた際に誠也はなによりもその右手を心配した。右手が不自由になれば神月は絵が描けなくなってしまう。そうしたら、もう都地の身代わりは務まらない。

『まこと』は作品置き場の片隅に置かれていた。神月は魂をかけて、愛を込めて描いた『まこと』を大切に思いながらも、その嘘から目をそらしたかったのかもしれない。

『まこと』がひとをしあわせにできるかどうかわからないと神月は言った。なぜならば、そこには愛と同時に嘘があるからだ。彼はそれを誰よりもよく理解している。

そして、どうして自分はこうも強く神月に惹かれたのか。

それは、彼こそが一目で、いってしまうならば恋に落ちた『まこと』を描いた男だからだ。自分は『まこと』に惚れたときにまた神月にも惚れていたのだ。

『まこと』を描いた画家に会いたいとこの邸宅へやってきた。どうすれば『まこと』が描けるのかを教わりたかった。そんな願いはもうとうにかなえられていたのだ。

そして自分は『あおい』を描いた。

煙はもうじわりと広い部屋にまで届きはじめていた。

しかし、神月からは動揺のようなものはうかがえなかった。絵筆を放す様子もない。

キャンバスを真っ直ぐに見つめ視線さえよこさない彼に、一瞬躊躇してから声をかけた。

「神月さん」

神月はそこでゆっくりと友馬に目を向けた。その美貌は、なにかを悟ったかのように落ち着き払っている。

彼らしいような、まったくらしくないような表情だった。決して崩れない冷静さは彼が彼であることを示しているのかもしれない。だが、だとしても、ここにいるのはいつでも華やかに笑っている神月ではない。

不意に感じた怯みをなんとかのみ込んだ。露骨な焦燥を見せれば神月を刺激するだけだろうと、可能な限りいつもと同じような口調で言う。

「誠也さんが家に火をつけたのだと言っています。冗談でも嘘でもないんです。ここにいれば、家もろとも燃えてしまいます。だから早く、逃げましょう」

神月はその声に言葉を返さなかった。揺るがぬ眼差しで友馬を見つめるだけで、キャンバスの前から動こうともしない。

駄目だ、これではらちがあかない。ならばと強い声で呼びかけた。

「神月さん！」

「いつかこんなことになるだろうとは思っていたよ」

ようやく答えた神月の声は、聞いたこともないほど淡々としていた。どんなときでも軽やかに喋る男なのに、まるでひとが違ってしまったようだと思う。

ぞくぞくと鳥肌が立った。いま、目の前で絵筆を手にしている美しい男は、誰だ。神月ではないのか、あるいはこれが神月なのか、ひどい混乱に襲われて頭の中を巧く整理できない。

「しかたがない。むしろ、誠也くんがこの欺瞞《ぎまん》に五年も耐えたことのほうが不思議だ。あれは清廉な男だから」

あれ、か。誠也は神月を、あのひとと言った。そして神月は誠也を、あれと呼ぶ。ずっと感じていた、彼らのあいだにある距離のようなものをはっきりと実感した。

神月と誠也は同じ男を愛し同じ男に囚われた、被害者かつ共犯者なのだ。愛情で結ばれているわけではない。彼らをつないでいるものは計算であり、神月の言うように、欺瞞だ。少なくとも神月にとってそれは変えられない事実なのだ、そう思った。

神月は都地の名で絵を描き続ける。誠也は方法を選ばず都地の命を引き延ばす。その秘密は決して他の誰にも知られてはならない。

しかし、誠也にとってはどうだろう。彼にあったのは計算だけなのか。彼は自分になんと言った？すべてを騙し続けることにはもう耐えられない。これ以上父親を苦しめたくない。それから、神月を都地に縛りつけておくことも、できない。

唇を噛んで必死に言葉を探し、なんとか声に出した。

「誠也さんは、神月さんはこの家から逃げるべきだと言ってました。この、檻から、愛するひとと逃げるべきだと言いました」

神月は怖いくらいの無表情だった。哀しみもない、痛みもない。答える彼のこころにあったのは、おそらくは決意だけなのだろう。

「逃げないよ。もういいんだ。ここで私も都地とともに死のう」

息もできないような哀しみ、痛みに襲われたのはむしろ自分のほうだったと思う。

この男はそこまで都地を愛したか。そこまで都地に惚れたか。だがその愛はもう執着と呼ぶべきものではないのか。神月の瞳みたいに澄みきった、神月の微笑みのようにごまかしのないものであるとはいえないのではないか。

嘘にまみれた愛を尊いと素直に表現することはできない。『まこと』にあふれる愛はほんものだろう、しかし、ただ美しいだけの愛ではない。

煙は次第に濃くただよってくる。もうあまり時間がない。いまの神月は他人の感情では揺るがない、だから焦るな、そう自分に言い聞かせながら口に出した。

「連れていきましょう。おれも手伝うから、都地先生を連れて一緒に逃げましょう」

「都地は、人工呼吸器を外せば長くは生きていられないんだよ。もう自分で自由に呼吸するほどの筋力はないんだ」

しかし神月は静かにそう返すのみで、その場から動こうとはしなかった。告げられた事実に顔が歪んでしまう。

では、どうにせよ都地はここで死ぬしかないのか。

冷静に、神月が壊れてしまわないように、そうは思っても言いつのる声にはどうしても必死さが滲んだ。

「だったら、あなただけでも逃げてください。都地先生と一緒に死ぬなんて言わないでください。お願いだからおれと来てください。おれと一緒に、逃げて」

そこで不意に神月は、うっすらと笑った。見たことのない底知れぬ微笑みに寒気がした。その表情はどこか誠也と同じような、そしてまったく違う種類の狂気で彩られている。

口を開いた神月の声からは、どこかいびつな優しさを感じた。

「君が『あおい』を描いた部屋は、むかし私のアトリエだったんだよ。小さいときにはこの土地で暮らしていて、本宅よりここに居着いて絵を描いていることが多かったね。私は子どものころから絵を描くことが好きだった。都地はその私に絵を、愛を教えてくれた。嬉しかった」

言葉も挟めずに黙って聞いた。神月が自身の過去を掘り下げて語るのは、はじめてこの邸宅を訪れた夜以来かもしれない。ならば彼はすべてを話してしまわなければならないのだろう。

まるで遺言だ。そう思ったら身体の芯が冷えた。

「だから、私は都地のためならなんでもしようと決心した。私と都地は、一心同体なんだ。愛を教えてくれた都地を捨ててひとり生き延びてもしかたがない。私は都地と、それから私たちが愛を描いた絵と一緒に終わるよ。さあ、君は早く逃げなさい、伊万里くん」

目の前が真っ暗になった。それから真っ赤に染まった。鮮血でもぶちまけたみたいに、目の前にある異常な光景が色を変える。

神月が、愛を教えてくれた男を捨ててひとり生き延びてもしかたがないと言うのなら、自分はどうなる。愛を教えてくれた男を捨ててひとり生き延びろと命令するのか。身勝手にすぎないか。そんな激情がこみあげてきて、抑えようもなかった。

落ち着け、神月を苛立たせるな、何度も自分をいさめたがそのストッパーは飛んだ。波打つ感情のまま、叫ぶように言う。

「じゃああんたは！　おれに愛を教えた男を、見殺しにしろって言うんですか。教えるだけ教えて、あとはおれを捨てるのか！」

神月は静かに首を横に振った。否定の仕草ではあるが、肯定であるように思えた。

「そうではないよ。私がここで消えても、君にはこれからいくらでも出会いがある。君には、未来があるんだよ」

「あんたは、ひとりしかいないです。それに、あんたにだって未来があるでしょう！　ひとりで偉そうなこと、言ってないでください！」

一度激情をあらわにしてしまえば、もうのみ込むことはできなかった。ずかずかと歩み寄り神月の手から絵筆を奪い取って、床に投げる。

友馬の剣幕に驚いたのか、神月は僅かに目を見開いた。大丈夫だ、まだこの男には感情が残っている、大丈夫、と呪文のように頭の中でくり返しその腕を摑む。

強く振り払われても、再度、今度はそれもできないくらいに必死な力で彼の腕を握りしめた。大丈夫、この男はまだ正気に戻れる、正気に戻ってくれ、祈りを込めて神月の唇に嚙みつく。

血の味がするような荒っぽいキスになった。

一方的な、短いくちづけのあとに距離を取り腕から手を放した。見つめた神月の瞳は、そこではじめて揺らいだように見えた。だから、この男が自分を愛しているのは確かなのだ、そこに嘘はないと思った。

神月は自分を本気で愛しているのだろう。ならば無理やりだろうとなんだろうと、意地でも彼をここから引っぱり出さなければならない。なにを言えば彼は動く？　どうすればこの男は目覚める？　ぐちゃぐちゃの頭で懸命に考える。

そのとき不意に、ベッドのほうから小さな物音が聞こえてきた。

はっと視線を振ると、都地が自身で人工呼吸器を外そうとしている姿が目に入った。すでに昏睡《こんすい》状態なのかと思っていたので彼の行動にはびっくりした。意識も、最低限の筋力も残存はしているらしい。

とはいえ、いかにも力なく震える手つきは痛々しかった。彼は文字通り死力を振り絞っているのだろう。

都地は半分閉じたような目を、それでも真っ直ぐに神月へ向けていた。

息をのんで見つめてしまう。都地はのろのろと人工呼吸器を払いのけ、それから唇の動きだけでこう示した。

行け。

もう声は出ないのだろう。しかし都地の意思ははっきりと伝わってきた。都地は神月に、自分を残して逃げろと指示している。その姿にぞくりとなにか理解できない情動がこみあげてきて肌が粟立った。

慌てて目をやった神月は呆然としている様子だった。痩せ細った画家はいまや、こうして自ら動き、口を開こうとすることもなかったのかもしれない。あるいはその指示に神月は驚いたのかもしれないと思った。

愛した都地に、いま、神月は捨てられた。冥府についてくることは許さないと命令されたのだ。彼の胸に湧いた感情は絶望に近いのではないか、そんなことを考えたら、きりきりとこころが痛くなった。

都地はそれからゆっくりと友馬に視線を移し、再度、行けと唇を動かした。それとほとんど同時に、邸宅のどこかが崩れ落ちる派手な音が聞こえてきた。危機を伝えるかのように煙はますます部屋に這い込んできて、まともに呼吸もできなくなる。

神月の腕をもう一度強く摑み、引っぱった。また振り払われるのならばしかたがない、殴ってでも蹴ってでも連れて逃げようと決意していたが、神月は今度は抗わなかった。

彼が愛した画家は、最後に自身の命を捨ててこの男を動かしたのだ。

いっさい声を発さない彼の腕を引き、煙に咳《せ》き込みながら早足で部屋を横切った。いま廊下を戻るのはあまりに危険だと判断し、窓から急ぎ邸宅の外に出る。

離れを去るときに神月へ目をやったら、彼は静かに涙を流していた。

煙のせいではないのだろう。愛する画家を失う痛みに、彼は無言のまま必死で耐えている。そう思ったら勝手に友馬の頬にも涙が伝った。


炎に包まれ焼け落ちていく邸宅を、ただ見つめていることしかできなかった。

草原の広がる丘の上で燃えさかる洋館は、狂気をはらんだ一枚の絵のようにも見えた。

神月はなにを言うこともなく邸宅に目を向けて立ち尽くしていた。彼の瞳に映っていたのは、あるいはそこで消えゆく都地の命だったのかもしれない。そして同じように灰と化す、『まこと』であり、『あおい』だ。

彼の左手をぎゅっと握りしめ、友馬は無言でその隣に立っていた。

どんな言葉をかければいいのかわからない。あなたが無事でよかった、あなたが生きていてくれてよかった、なにを言ってもいまこの場では軽く陳腐なだけだろう。だから、そうしていることしかできなかった。

すべてをかけて愛した男が目の前で死を選択した。ともに終わろうとさえ決意したのに、都地は神月との道行きを拒んだ。彼の胸に吹き荒れる感情を、理解できるだなんて簡単に言ってはいけないと思う。

都地は、神月を愛していた。だからこそ神月を檻から逃がしたのだ。神月にももちろん都地の思いは通じたはずだ。それでもきっと彼は都地と逝《ゆ》きたかったろう。

神月と都地を引き離したことに後悔などはない。そうしなければ神月もまたこの炎の中にいた、それだけはあってはならない。だとしても、湧き出す悲哀を抑え込めはしなかった。

彼のこころは壊れてしまわないだろうか。砕けてしまわないだろうか。そんなことを考えたら、まるでまだ煙に囲まれてでもいるかのような息苦しさを覚える。

握った神月の手はあたたかかった。このてのひらに幾度も癒やされた。彼は自分を助けてくれたのだ。その愛で、救ってくれた。ならば次は自分が彼に手を差しのべなければならないだろう。

どうすれば神月を癒やせるのか。助けられるのか、救えるか？

誠也は身体の芯が抜けてしまったように、神月のそばに座り込んでいた。彼もまた声を発することはなかった。その表情にはもう、作品置き場へ踏み込んできたときの狂気はなかった。ただ呆然としている。

古い洋館は、神月と誠也、ふたり分の狂気を引き受けて燃えているのかもしれない。夜空へ火の手を伸ばすように燃える神月の城だったものを見つめながらそう思った。

この邸宅には優しい人間が暮らしている。穏やかな空気で充ちているのだと信じていた。だが、実際そこにあったものはあまりにも切なくむなしい欺瞞だった。

三人とも無言のまま、いったいどれだけの時間そうして炎に照らされていただろう。しばらく黙って立ち尽くしたのち、神月はようやく口を開いた。

「誰にも言うな」

そろそろと視線を向けた彼は、もう落ち着いているように見えた。あるいは、落ち着いているのだと自身へ、そして友馬と誠也へ示そうとしていた。

横顔をじっと見つめてしまう。眩しいくらいに美しい男だとこんなときにまで、こんなときだからこそ思った。

「都地のかわりに私が絵を描いていたことは、誰にも言うな。都地の名を汚したくないんだよ、わかるだろう。この三人だけの秘密だ、墓場まで持っていきなさい」

淡々とした口調に潜むものは、消しようもなくまた消す必要もない都地への愛だったのかもしれない。

誠也は座り込んだままひとつ頷いた。それから何度も何度も頷いた。彼は神月の言葉から都地への思いを受け取って、僅かばかり安堵したのだろう。また、もっといえば、神月が父親を違《たが》わず愛していることに、なんらかのよろこびを感じていたのだと思う。

「警察と消防に、連絡します」

誠也の声は掠れてはいたが、神月と同じくすでに落ち着いている様子だった。

「僕が火をつけたと、言います。自供して罪を償います」

「誰が火をつけたかなんて言わなくていいよ。これはただの事故だ」

左手を友馬に預けたまま、神月は右手で髪を掻きあげて答えた。見慣れた仕草を目にしてなんだかほっとしてしまう。

純粋な愛ではない。ただの同調なのかもしれない。それでも神月は誠也を決して軽んじてはいないし、憎んでもいないのだと思う。

嘘に耐えきれず邸宅に火を放った彼もまた、自身と同じ痛みを抱いていると神月は理解しているのだろう。あるいは、炎を上げる洋館を前にはっきりと認識したのだ。あのひとは、あれは、そう互いをさして口に出したふたりはいま、はじめて真の意味で思いを共有しているのかもしれない。

「誠也くん。君が罰を受ける必要などない。私のわがままにつきあわせて申し訳なかった、苦しかったろうね。言ってしまうなら君にこの火をつけさせたのは、私だよ」

「そうじゃないです」

誠也は泣き出しそうな顔をして、それでもしっかりとした声で言った。

「僕はあなたを父にずっと縛りつけてました。ただ父の名を消したくないばかりに、あなたをこの家に閉じ込めてました。そして僕は今夜、父を、殺しました」

神月はそこでようやく座り込む誠也に視線を向けた。その眼差しは友馬の目に、どこか哀しげに映った。

誠也と同じく神月もまた限界だったのかもしれない。誠也がそれを行動に移さなければ、あるいは神月が悲劇を起こしていたかもしれない。神月は誠也を清廉な男だと評していたが、清廉というならば神月も等しく清廉なのだから。そんなことを考えた。

神月の視線を受けて、誠也はよろよろと立ちあがった。真っ直ぐに神月を見つめる目には強い決意が込められている。

「神月さんはいますぐに、伊万里くんを連れてここから立ち去ってください。お願いします」

「なぜ？　燃えているのは私の家だよ。所有者があれこれ後始末をしなくては呼ばれた警察も困るだろう」

「あなたや伊万里くんに不必要な疑いが向けられたら、僕が困ります。ここは僕がちゃんと始末します。警察に説明して処理します。これ以上あなたたちに迷惑をかけたくありません、だから早く行ってください。今夜はこの場にいなかったことにしてください。お願いします」

揺らぐ様子のない言葉を聞き、神月はしばらく悩ましげな眼差しで誠也を見ていた。それから、友馬の手首を摑み誠也には声をかけずに邸宅へ背を向けた。

かろうじて火の粉から免れた高級車の助手席へ促され、大人しく座る。神月は運転席に着き振り返らずに車を出した。彼は誠也の意思を尊重したのだろう。

だから自分も振り返るのはやめた。

後ろを向いたところでなにも取り戻せやしないのだ。ならばいまは神月の隣で、彼と同じ方向を見ていたいと思った。

神月は都内へ向かうことにしたらしい。

二十三時、夜の高速道路を走っているのはトラックばかりだった。自分でハンドルを握っているわけでもないのに妙な圧迫感があり、ひやひやしてしまう。

だが、慣れたものなのか神月は平気でアクセルを踏み込み、するすると器用に車線変更してトラックを追い抜いていた。そういえば誠也がいつか、神月は運転が好きだからと言っていたなと思い出して納得する。

高速道路に乗る前に一本短い電話をかけ、神月はそのあとしばらく無言だった。三時くらいに着くから部屋を空けておいてくれないかなどと軽い調子で喋っていたので、通話の相手はなじみのホテルだったのだと思う。

彼が口を開いたのは、助手席で固まっていた友馬が少しは肩から力を抜いたころだった。

「私はね。誠也くんと同じように、都地の名を消したくなかったんだよ」

不意の声にどきりとして神月の横顔に目を向けてしまい、すぐに前へ戻した。誰かに言い聞かせたいというよりも、彼はただ懺悔《ざんげ》がしたいのだろう、そう思わせる口調だった。ならば黙っているべきだとあえて口をつぐむ。

「誠也くんから聞いたかもしれないが、都地が発病したのは十年も前だ」

神月もまた真っ直ぐにフロントガラスを見つめたままだった。彼の声は邸宅の離れで聞いたような乾いたものではなかったが、特に感情らしい感情も込められていない。

「それでも都地は絵筆を置こうとはしなかったよ。彼にとって絵は人生だ。しかし五年前に症状が悪化し、都地はベッドから起きることすらできなくなってしまった。当然絵は描けない。だから私は、都地から教わった絵を彼のかわりに描こうと思った」

反応していいのかいけないのかに悩み、結局は無言のままひとつだけ頷いた。それからじっと自分の両手を見つめる。

絵は人生だ、その言葉は痛いくらいに理解できた。キャンバスに思いを重ねて命を咲かせる、そうして画家は生きている。

もしこの手が動かなくなってしまったら。そう想像したら足もとから寒気が這いあがってきた。感情はあふれるばかりで、それを描く絵筆が握れなくなってしまったら、もうなんのために生きているのかわからない。

都地は自由をなくした両手を見てなにを考えたのだろう。

「都地は私に、もう自分のことなど捨てていいから、私自身の絵を描けと何度も言ったよ。だが、私は聞き入れられなかった。都地の名で制作を続けることで、私は彼がまだ絵を描いているのだと自分を騙したかったのかもしれない」

今度は巧く頷けなかった。勝手に湧き出してくる哀しみにひとり眉を歪める。

都地は神月をこころから愛していたに違いない。愛し、大切に思っていたからこそ、もう画家ではなくなった自分から彼を解放してやりたかったのだ。自由に生きてほしかったのだと思う。

しかしもう、そのときの神月には自由を選ぶことなどできなかったのだろう。

彼の都地に対する愛情を献身的だと表現することはできない。強いていうのならば狂気的だ。おそらく、そんなことは神月自身が誰よりも知っているのではないか。

「技術的な面でならば、私にとっては都地のコピーは簡単だ。だが、やはり別の人間である以上、同じ絵にはならない。いつ事実が知れてしまうかと気が気ではなかったよ。なのに業界は作風の変化として欺瞞を受け入れてしまった。そうなったらもう引き返せない」

神月はそこまで抑揚もなく言ってから、ふと口調を変えた。

「愛していたんだ。惚れていたんだよ」

はじめて聞く、魂を絞るような声に息ができなくなった。いつでも華やかに笑い軽やかに喋る男が胸に秘めているものは、誰に明かすこともできない苦悩だったのだろう。

神月が自分に対して、共鳴という言葉を使ったのはいつだったか。キャンバスにぶつけることしかできなかった苦しみに、種類こそ違えど彼は確かに共鳴したのだと思う。

「この手は都地の手なんだ。この目は都地の目だ。ほとんど意識もない都地のそばで、彼の残り少ない命が宿るようにと祈りながら私は絵を描いた。私が描いていたのは都地の絵だ、私の絵ではない」

そうです、そうではないです、肯定も否定も同じほどに正しく、また同じほどに間違っている。だからどちらも示さなかった。喉の奥で引きつれてしまった息を静かに吐いて、静かに吸って、真っ直ぐに前を向いたまま神月の言葉を待つ。

彼はしばらくのあいだ、黙ってハンドルを握っていた。

それから、一瞬の激情を打ち消すような、いやに穏やかな声で言った。

「伊万里くん。いつか君を連れていったあの湖の絵は、都地と最後にふたりで一本の絵筆を握った、合作だ。思い出の絵なんだよ」

車に乗り込んでからはじめて、はっきりと名を呼ばれたので、短く「美しい絵でした」と口に出した。神月はいま他人の、自分の存在を求めている。ならば、下手くそでも不器用でもみっともなくても言葉にして応えたいと思った。

合作、そう教えられて納得した。五年前に生じた作風の断層を埋めるようだと感じたのは、彼らの思いが重なった絵だったからなのだろう。

少し悩んでから、運転席に座る神月に目を向けて訊ねた。

「……あの絵は、『まこと』は神月さんが、愛する都地先生を描いたものだったんですね」

友馬の視線になにかを感じたのかもしれない。神月はふっと小さく笑って答えた。

「そうだよ。私は都地の姿をキャンバスに写し取りたかったんだ。彼が消えてしまう、前に」

「なぜ、『まこと』に愛があふれていたのか、わかりました。どうしておれが、『まこと』に魅せられたのか、いまようやく、わかりました」

「そうだね。『まこと』にあるのは、愛だけではないからね」

愛だけではない、その神月の言葉がすべてを表しているのだと思った。

『あおい』を描いたあと、三度目に『まこと』を見たとき自分はそこになにを感じ取ったか。愛の中に潜む哀しみではなかったか。決意、諦念、密かな歪みではなかったか。

堺の元にいたころ、ひとり苦悩にもがいていた自分の目には無意識にそれらが映っていたのだ。だから神月の画廊で出会った『まこと』に圧倒され、同時に、共鳴した。

ひとをしあわせにできるかはわからないと神月は言ったはずだ。あれは、二度と立ちあがることもできない都地を見つめる神月の秘めた悲鳴だったのかもしれない。事実、『まこと』の存在はあまりに大きすぎて神月を苦しめ、また誠也をも苦しめたのだろう。

「次第に衰えていく都地を見ているのは、つらかったよ」

またいくらかの間を置いたあと、神月はやはり穏やかな声で続けた。

「そろそろ終わりにしてしまいたい、なにもかもを壊してしまいたい、私こそがそう思っていた。だが、そんなときに伊万里くんが家にやってきた。『まこと』が好きだ、『まこと』が描きたいのだと必死に私に訴えた。私はね、それがなんだか嬉しかったんだよ。おかしいだろう？」

咄嗟に言葉にして答えることができなかった。

この男は、そういえば最初から非常識な客人を厭うてはいなかった。むしろ、コーヒーを注ぎ寝床を与え、楽しそうに接してくれた。神月は自分に押しかけられて嬉しかったのか、そう思ったらぎしぎしと胸が軋んだ。

「騙しているのだと知っている。なにもかもが嘘だとわかっている。それでも、君は真っ直ぐな眩しい眼差しで『まこと』を見てくれた。情熱を注いでくれた。嬉しかったよ」

「おれは……なにも、わかってなくて、だから」

「君の目はいつだって真実を見ている」

きっぱりと言いきられて弁解もできなくなった。『まこと』にそんな意味があるなんて知らなかったんだ、無理を言ってごめんなさい、いまさら謝ったところで意味もないかと口をつぐむ。

それからしばらく、神月は友馬と同じように黙ってアクセルを踏んでいた。三十分はふたりとも無言だったと思う。

しかしその沈黙は決して苦ではなかった。神月はいま自分の隣にいる、その事実をあらためて噛みしめる。

愛するものが生きている。ただそれだけなのに、こんなにも、痛いくらいにしあわせを感じられるとは知らなかった。たとえ彼がどんなに哀しんでいるのだとしても、苦しんでいるのだとしても、生きている。

生きてさえいれば、そうだ、未来がある。煙のただよう離れの部屋で、そんなことを叫んだなと思い出した。

「私は間違っていただろうか」

長いあいだ口を閉じていた神月がふと呟いたのは、そんな言葉だった。

彼の横顔をほとんど睨むような強い眼差しで見つめて、答えた。

「間違っていたかもしれません。でも、間違っていたならやり直せばいいです。何度でも。これからはおれがあなたに、おれの愛を教えてあげるから、おれの愛を思い知って、やり直して」

神月は友馬の言葉に、そこでようやく彼らしく、くすりと笑った。たどたどしい口説き文句を馬鹿にしたのではなく、単純に、彼は嬉しかったのだと思う。

前を見つめる緑色の瞳に曇りはなかった。唇に浮かべられた笑みはやわらかい。なにかが吹っきれたような神月の横顔に心底ほっとした。

「なるほど。今度は君が傷心の私を助けて救ってくれるのかな?」

「助けます。救ってあげます」

「私はね。いまはとにかく愛するひとの体温に触れたいよ。愛おしいひとが生きているのだと知りたい、確認したいよ」

少しの飾り気もなければ、なんの回りくどさもない、真正直な神月の言葉になんだか胸のあたりが熱くなった。答えた声は泣き笑いになったが、恥ずかしいとは思わない。

「じゃあ、確認してください。おれも、あなたも、いま生きてるから」

神月は少し目を細めて笑みを深めた。美しい、神月そのもののような表情に安堵し力が抜けていく。

彼は、自分が堺の呪縛から逃げ出せたように、愛という名の檻からもう外に踏み出しているのだろう。

「ああ。『あおい』が燃えてしまった。悔しいね。伊万里くんがせっかく描いてくれたのに」

「また、描きます。次はもっと、愛にあふれる『あおい』を描きます」

切なげな嘆きさえどこか軽やかだったので、同じように聞こえればいいと願いながら返した。そうしたら、運転席から伸びてきた神月の左手に髪を撫でられた。

手はすぐに離れていったが、その感触はいつまでも消えなかった。優しくてあたたかい。

こうして悪夢に震える自分をあの夜撫でてくれたのはこの男だ。はじめて抱きあった日にも撫でてくれた。

ならば今度は自分が彼をいやというほど撫でてやろう。視線を彼の横顔に向けたまま強くそう思った。


都内のホテルに着いたときには、もう深夜三時近くになっていた。

フロントには男がふたり立っていた。ひとりはいかにもフロントマンという印象だったが、もうひとりは大分年上に見えたし雰囲気が違う。高速道路に乗る際に神月が電話で連絡をしていたから、それを受けて支配人でも出てきたのかもしれない。

深夜のホテルはがらんとしており、ロビーにも宿泊客の姿はなかった。神月に続いて足を踏み入れたはいいものの、高級ホテルでの振る舞いがよくわからずにたじろぐ。そのうえこの安っぽい服装だ。他にも客がいれば紛れてしまえたのだろうが、どうしたって場違いで目立つと思う。

その友馬をフロント前のソファに座らせ、神月は慣れた様子でカウンターに歩み寄った。

「やあ。こんな遅くに無理を言って申し訳ないね」

「とんでもないです。神月さんのためならば何時でもお待ちしていますよ」

気さくに声をかけ神月に答えたのは、年上の男のほうだった。口調が少し砕けていてずいぶんと仲がよさそうに見える。神月が都内に泊まるときにはよく使うホテルなのだろう。

チェックインの手続きはもうひとりに任せ、男はにこやかに神月に訊ねた。

「今日はこちらでお仕事だったんですか？　ずいぶんと遅くまで、お忙しいんですね」

「忙しいのはよいことだよ」

神月も同じようににっこりと笑って返した。よく聞けば彼は肯定も否定もしていない。とはいえ誰もが肯定だと取ると思う。

神月は誠也が言ったように、今夜は田舎の邸宅ではなく都内に滞在していたことにするつもりらしい。

フロントマンとひとことふたこと話した男の視線が自分に向いたので、どきりとした。神月の連れにしてはあまりにみすぼらしいので不審がっているのか。そんなことを考えたら余計にいたたまれなくなってくる。

「ダブルルームでとうかがっていましたが、ツインルームにも空きがありますよ」

ふたりで泊まるならという意味なのだろう男の言葉に、神月はあっさり「ダブルでいいよ」と答えた。

それから友馬を振り返り、どこか楽しそうな口調で続けた。

「彼は私の恋人なんだ。いい男だろう？　画家だよ」

「なるほど。お綺麗なかたですね、お似合いです」

驚きもせず、男は神月と同じようにさらりと言った。簡単に納得されたばかりか、綺麗だなんてあまり聞き慣れない形容をされて目を白黒させてしまう。

それからやたらと頬が熱くなって困った。そんなことを誰かに平気で言わないでほしい。そして、誰かに平然と告げられるくらいに神月が自分を恋人だと認識してくれているのなら、嬉しい。恋人、恋人、ひとつの単語がじわじわと身体の内側に忍び込んでくるような気がした。

そうか。いま自分は彼の恋人なのだ。

カードキーを受け取った神月は片手を振って案内を断り、ソファで固まっている友馬に歩み寄ってきた。手首を摑まれてエレベーターホールまで連れていかれ、そのままエレベーターの中まで引っぱり込まれる。時間が時間なので、ロビーと同じくどこを見ても他の客の姿はない。

手首に絡まる指は優しくはあった。しかし、もう逃がしやしないといわんばかりの手つきでもあった。いまさら逃げやしないのに、あるいはこれが神月なりの愛情表現なのか、意思表示か。なんとなく気恥ずかしくなりながら黙ってついていく。

神月のために用意された客室は二十五階だか二十六階だかにあった。火照る顔を隠したくて半分うつむいていたので正確なところはわからない。

カードキーでドアを開けた神月に促され、おずおずと先に足を踏み入れた部屋は、また馬鹿みたいに広くて豪奢だった。つい口を開けて見回してしまってから、いつもこんなところに泊まっているのならこの男はどれだけ贅沢なんだと少々呆れる。

しかしこれくらいセンスがよく、かつ金のかけられた客室でないと確かに神月には似合わないか。成功者は一般人とは違う空気を吸っているのだろう、だからこれが彼にとっての普通なのだと納得しておくことにした。

落ち着きのない子犬みたいにきょろきょろと視線を振っていたら、あとから部屋に入ってきた神月にくすくすと笑われた。そのまま、いきなり背後からぎゅっと抱きしめられて驚く。

首筋に、ちゅ、とわざとらしく音を立ててキスされ、一瞬で身体が熱くなった。

「待って、ください」

「いやだね。早く確認させてくれ」

焦って身をよじらせるが神月は特に気にしていないらしい。今度は手首ではなく腕を掴まれベッドルームへ連れ込まれた。これまた無駄に広い。

再度呆れる前に、身体の向きを変えさせられた。正面からくちづけをされそうになり慌てて押し返す。

神月は友馬の様子を面白がっているような目をして見ていた。

眩しいくらいの美貌には、邸宅から逃げる際に涙を落としたあの表情はない。この男はもういつも通りの華やかで軽やかな神月だ、そんなことを思ったら胸がじわりとあたたかくなった。

少しのあいだためらってから右手を伸ばした。触れていいのだろうかいけないのかと怯える指に、恋人なのだからと言い聞かせてプラチナブロンドをそっと梳く。

神月の髪は想像していたよりもやわらかかった。指先に絡みつくような感触にどきどきと胸が高鳴った。

「神月さんの髪、きらきらしてて綺麗だから、触って、みないと」

驚いたように目を見開いた神月へ苦しまぎれに言い訳をした。自分がそのてのひらに助けられたのと同様に彼のことも助けたい、巧く口に出せない思いを手で伝えようと何度も優しく撫でる。

神月はしばらく黙ったまま、友馬をじっと見つめていた。それから、朝陽に目覚めた大輪の花みたいに笑った。

いつでも華やかな男はいつも以上に美しく、また嬉しそうだった。神月はいまこんなふうに笑えるんだ、神月はいま嘘もなく笑うんだ、じりじりと湧き出してくる愛おしさで息が苦しくなる。

「伊万里くん。君は優しいね」

「……おれが救ってあげるって、さっき、言いました」

悩んだ末にそれだけをなんとか声にした。神月はそこでふと目を細め、ひどく穏やかに言葉を返してくれた。

「私は、いまここに君がいてくれるだけで救われているよ。ありがとう」

泣きたくなった。煙がただよう邸宅で一度は拒んだ自分の手を、彼は受け入れている。ならばもっとだ。髪からてのひらを離し、また逡巡してから今度は両手をおそるおそる神月のシャツに伸ばした。指先が震えそうになるのをこらえ襟元から順にボタンを外す。

神月からの痛いくらいの視線を感じたので、自分の指先を睨んだまま言った。

「あなたこのあいだ、服を脱がなかったから」

「脱いだほうがいいのか？　君は私に触りたい？　怖くはないのかな、またいつかのように泣いてしまわないかい」

「触り、たいです。怖くない」

答えた声は自分の耳にも必死なものに聞こえた。こんなときくらいスマートなことを言えればいいのにとは思うが、無理なものは無理だ。大体、それができるほど器用ならばはじめからもっと上手に立ち回っているだろう。

神月はくすくすと笑って、ボタンと格闘している友馬の両手をそっと摑みシャツから離させた。

「君に任せておいたら半日は経ってしまうね。触りたいならちゃんと脱いであげるから、君も脱ぎなさい？」

「……おれはその、あまりこういうのは」

「ほら、がんばって」

子どもでも励ますように言い、神月は照明も落とさぬまま、もったいぶりもせずに服を脱いだ。あっさりと晒《さら》されたしなやかな裸体にどうしても見蕩れてしまい、手が動かない。

神月はソファに服を投げてから、友馬に目を戻してまたくすりと笑った。その表情を認め、駄目だ、これでは呆れられると焦って自分の服へ手をかけても、指はもつれるばかりでどうにもならない。

結局は伸びてきた神月の両手に服を脱がされた。情けないやら恥ずかしいやらでうつむいていると、優しい声でそそのかされる。

「触りたいんだろう？　触っていいよ」

はっと顔を上げて正面に立つ神月の美しい身体を目にし、つい喉を鳴らした。その白い肌に触れたらどんな感じだろうと想像したのが何月何日のことだったのか、もうはっきりしない。しかし確かに感じた欲は覚えている。

神月の部屋だった。触りたいと思いながら慌ててガウンを着せた。そのあとセックスをした。

彼が行為の際にあえて服を脱がなかったのは、いつか悪夢に震えていた自分を怖がらせたくなかったからなのか。ようやくそれを理解したら胸がきゅうきゅうと痛くなった。

この男はどうしてこんなに優しいのだろう。ずっと君に惹かれていた、愛は君のそばにあるんだよとあのとき彼は囁いた。その言葉に嘘はないのだと思う。

押し潰されそうな欺瞞で両手を染めながら、だが、神月が自分に向ける愛にはきっとごまかしはない。

ならば、そうだ、触ってよいのだ。

相変わらず巧くは動かない右手を上げ、彼の胸にてのひらを当てた。しっかりと伝わってくる規則正しい鼓動に、この男はちゃんと生きているともう何度目になるのか実感する。

心臓は脈打ち肌はあたたかい、生きている。都地のかたわらで絵筆を握る彼がまとっていた死の影は消えたのだ。それが、嬉しい。

神月も同じように友馬の胸に手を置いて、穏やかに微笑んだ。

「ああ。健気《けなげ》に動いているね、君は生きているんだな。愛おしいよ、伊万里くん。君の命はとても愛おしい」

「おれは、あなたより先には、死なないです」

「優しいことを言うんだね。私だっていまは、君より先には死なないつもりでいるよ？」

鼓動を確かめていた手で、そのときするりと乳首を撫でられ思わずびくっと身体が揺れた。癖のように一歩後ろへ逃げかけて、それから、違う、逃げるなと自分の足に言い聞かせその場にとどまる。

友馬の表情になにを読み取ったのか、神月は笑みを深めて指先でじっくりと乳首を押し潰した。

「神月、さん……っ、そんな、のは」

「君は私に、ここをこうされると、よろこぶ。もう知っているよ」

「あっ、は、ちょっと、待って……っ。待って、くださ、い」

いたずらに爪で引っ掻かれ、抑えようとしても喘ぎは洩れた。途端に湧きあがってくる欲情をなんとかのみ込んで懸命に請う。

神月は楽しそうな目の色をして素直に手を引いた。どうやら彼はこの焦れったいやりとりを面白がっているらしい。深呼吸して乱れた息を整え、自分ばかり与えられていても意味がないだろうと怯む両手を伸ばす。

しっかりと見つめあったまま手探りで触れた神月の性器は、緩く反応していた。

のみ込んだはずの欲情は火でも回るみたいにぱっと全身へ広がった。触れてもいない性器が、彼につられて興奮していくのが自覚できる。この男は自分を前にすればこうなるのか、そんなことを思ったら頭の中がぐつぐつと沸き立った。

もう一度深く息を吸って、吐いて、それからそっと神月の性器を刺激した。ぎこちない動きでも、手の中で彼はゆっくりと力強さを増した。

ぞくぞくと鳥肌が立つ。この性器であの日貫かれた、破けそうなくらいに開かれて気持ちがよかった。身体で思い出したら、自分が愛撫しているのかされているのかよくわからなくなった。

おそらくは相当はしたない顔をしていたのだろう。神月は、勝手に身体をまさぐられているのに大して表情も変えず、やはりいかにも楽しそうにくすりと笑った。

「君は素直なんだね。それが、欲しいのかな」

ごくりと喉を鳴らしてしまってから、頷いた。手の力を僅かに強めて、皮膚の内側を焦がしている熱を伝えようとする。

「欲し、い。神月さん、欲しい……っ」

ねだる声はみっともなく掠れていたが、こんなことをしておいて恥ずかしがるのも余計にみっともない。うつむいて顔を隠したくなるのをこらえ、じっと神月の瞳を見る。

それがお気に召したらしい。神月は実に満足げに目を細めて友馬を見つめ返した。

「では、少し待って。君がどろどろになるまでたっぷり可愛がってから、あげるよ。それとも、私を誘ってみるか？」

「誘いま、す」

いやらしくあおられ再度頷いた。神月の身体から手を離し、よろめくようにキングサイズのベッドに乗る。

誘う。こんな男、どうやって誘えばいいのだ。火照りはじめた頭ではいくら悩んでみたところで思いつかなかったし、そもそもそんな技術ははなからないのだから考えるだけ無駄だろう。しかたがないのでのろのろと両肘、両膝をシーツについて、高く腰を掲げてみせた。

「神月さん」

細い声で呼んでみる。それでも神月に動く気配がなかったので、さすがに迷ってから片手を伸ばし自分で尻を摑み開いた。

身体中が燃えるように熱くなった。神月が見ている、こんなにはしたなくてだらしない姿を見ている。そう思ったら追い出していたはずの羞恥が一瞬で蘇り、くらくらと目が眩んだ。

恥ずかしい。恥ずかしいのに興奮する。自分がどれだけ神月を欲しているのか思い知らせてやるには、どうすればいいのだろう。

「も……、早く、してくだ、さい……っ。おれは、これでも、誘ってま、す。神月さん」

切れ切れの声がどう届いたのか、背後で神月が、ふふ、と笑った。ようやくぎしりと音を鳴らしてベッドに乗った彼の手に、まるで羽みたいなやわらかさで尻を撫でられる。

それから、いきなり派手になにかぬめる液体を尻の狭間《はざま》に垂らされて、びくりと身体が強張った。

「あ、は……っ、なに、を」

「広げて、入れてほしいんだよね？」

場違いなくらいに爽やかな香りがただよったので、多分チェストに並んでいたスキンジェルなのだろう。のろりと尻を、それから太腿《ふともも》を伝っていくその感触にまで愛撫されているような気がしてぞくぞくする。

「シーツが、濡れる」

尻を摑んでいた片手を戻し身をよじらせて訴えた。だが、神月にあっさり却下され、そのうえさらにそそのかされた。

「気にしなくていいよ。さあ、誘わなくていいのかな？　どうしてほしい？」

「……広げて、入れ、て、ください……っ」

そんなことを言われたら、こう答えるしかないだろう。

神月は褒めるようにまた優しく尻を撫でてから、ゆっくりと指を一本挿し入れてきた。丁寧ではあるがためらいのない指先に、過敏な場所をじわりと刺激されて声が洩れる。

「うぁ、あっ、いきなり、そこ、やめて……」

「なぜ？　気持ちよくないかな？」

「もう……っ、気持ちいい、から、や、あぅ」

はじめからそんなに追い詰めないでくれと言いたかったのに、濡れた声でとがめたところで大して意味もなかった。神月はくすりと背に笑っただけで指を引こうとはしない。

強すぎもせず弱くもない力加減で押し撫でられ、シーツに膝をつく両脚が震えた。神月はこういった行為にずいぶんと慣れているよなと滲む意識で思う。

いつだったか邸宅のリビングで、女も男も噂は聞いたなんてことを教えてくれたのは誠也だった。この男はどんな人間と抱きあってきたのだろう、そこにはどんな感情があったのだろう。一度気にしてしまうとどうしてもその考えが頭にこびりついてしまう。

せめて彼の表情が見えたらいいのに。いま緑色の瞳に映っているのが自分だけだと確認できればいいのに。

「私はいま君しか見ていないよ」

友馬の胸に湧いた揺らぎを気味が悪いほど正確に察して、神月は優しくそう言った。

「それから、君自身が知らないところまで全部見ているよ。こうやって、私の指を一生懸命のみ込んでいる場所もね」

神月の言葉にかっと顔が熱くなった。ふとよぎった嫉妬も飛んでしまうくらいの恥ずかしさが押し寄せてくる。

弱点を探る動きを、入り口を解《ほぐ》す露骨な動きに変えられた。ぎゅっと両手を握りしめても、余計に強くなる羞恥が消えてくれるわけではない。

「あぁ、駄目で、す。そんなに、見ないで……っ。あ、あっ」

喘ぎを零しながら頼んだところで、これももちろん神月が聞き入れてくれるわけはなかった。むしろ、よりいやらしく指を使いながら「画家は見るいきものだよ」と楽しそうに言う。

あなたは画商でしょうと言い返そうとして、やめた。この男は確かに『まこと』を描いた画家だろう。

みずみずしく美しい絵を描く男の指が、いま自分に入っている。白くて長い指が淫《みだ》らに自分を開いている。そしてあの綺麗な瞳が自分を見ている、そう思ったら鳥肌が立った。

色気なんてない、器用でもない、というよりは不格好もはなはだしく神月を求めた。優しく撫でられ甘く抱かれて、それだけでは足りないのだ。檻から彼を引っぱり出し、助ける、救うと声にした。

ならば、生きている愛おしいあなたを確認したいと、自分こそが示さなければ意味がない。

だからこそ馬鹿正直に、欲しい欲しいとくり返した。心底その命を感じたかったから必死で手を伸ばした。とはいえ誰を相手にも自らこんな格好をしてみせたことはないのだ。

濡れて緩んでいく身体はこの男の目にどう映っているのだろう。

手を握りしめ、脚を震わせている友馬の姿からなにを感じ取ったのか、神月は腰のあたりに音を立てて軽いキスをした。それにはっと目を見開くが、ぬるりと指を増やされて結局はまたきつく瞼を閉じてしまう。

「ふ、ぅ……、また、入って、きてる……。広がる……っ」

「広げて入れてと、君、言ったよね？」

「はぁっ、あ、それ、駄目だ、からっ、神月さんっ」

二本の指を開くように動かされてうわずった声が洩れた。多分、両手の指を使って左右に広げているのだろう。

ただ挿し込まれるよりも当然違和感は大きかった。両肘をつく姿勢を保てずに、上半身をべったりとシーツに伏せてぜいぜい喘ぐ。

尻だけを高く上げるみだりがましい友馬の姿に満足したのかもしれない。神月の声は楽しそうで、かつ色っぽかった。

「ねえ伊万里くん。こうすると、君の中まで見えるよ。ひくひくしているね、気持ちがいい？」

ぎゅっと瞑った瞼の裏がちかちかした。身体の内側まで神月が見ているのだと思ったら、なにがなんだかわからなくなるくらいに興奮した。

「いや、だ……っ、あぁ、もう、見るな、見な、いでっ。恥ずかし、い」

火がつく頬を枕に埋《う》めていくら請うても、やはり神月は聞き入れてはくれなかった。まるで、ほら、こんなによく見えるよとでもいうかのように、挿し入れ開いた二本の指で友馬の尻を溶かしていく。あまりに淫らだし、あまりに生々しい行為だと思う。だが、彼はこうして感触でも視線でも自分が生きていることを確認したいのかもしれない、そう思ったらそれ以上拒む言葉は出てこなかった。はじめてセックスをした日と同じように、神月は準備に時間も手間もかけた。苦痛を与えないようにと気をつかったのもあるだろうし、自分をもっと乱したいという意図もあったのだろう。

何度かジェルを足され、中までたっぷりと塗り込められた。

指が出入りするたびにぐちゅぐちゅと音が鳴る。それにあおられ喘いでいるうちに、頭がおかしくなりそうな羞恥は激しい高ぶりにすりかわった。

足りない。足りない。指では届かない身体の奥が疼いてしかたがない。

「ああ、はっ、お願、いしま、すっ。早く、入れて……っ、早く」

自分が要求しない限りいつまでも指だけで焦らされ続けるのではないか。神月ならばやりかねない。そんなことをされたら気がふれてしまうと、跳ねる呼吸の合間になんとか口に出した。

神月はそこでわざとらしく指を曲げ、中をゆっくりと掻き回した。さっさと理性など忘れてしまえと指示されているような気がした。

「あぁっ、う……、んぅ、そんな、意地悪、しないで……っ、早、く」

「意地悪はしていないよ。早く、なにを入れてほしいのかな。君はなにが欲しいのかな？　言えばいい」

「もう……っ、もっと、深くまで、入る……、もっと、太いものっ。あなた、の、大きいペニス、を入れ、てくださいっ、早くっ」

枕にしがみつき、震える声でねだった。多分神月はこういうふうに言われたいのだろう、などと考える余裕はない。ただ他に巧い言葉を知らなかっただけだ。

くすくすと背後で笑う神月は嬉しそうだった。彼の気配にふと熱が混じるのを感じて身体が強張ってしまう。あのときの快感を味わえる、あのときみたいに彼と交われるという期待のせいだったのだろう。

ずるりと指を引き抜かれて呻く友馬の尻を、神月は遠慮のない手つきで摑み開いた。

「君のようないい男がはしたなく欲しがっている姿を見ると、たまらなくなるね」

「ひ、ああッ！　あ！　や……ッ。壊れ、るっ」

すぐに太く張り出した先端を押しつけられ、ずぶりと侵入されて悲鳴を上げた。めりめりと引き裂かれるような衝撃で、すでにほとんど飛んでいた理性も完全に消えていく。

神月はためらう様子もなく一気に根元まで突き立ててきた。あの日もそこそこ強引だった、それでも慎重ではあったのに、今夜の彼はどうしてしまったのかと眩む頭で考える。

面倒だったわけでも苛《さいな》みたいわけでもないだろう。早く入りたい、奥まで侵したいと彼も思ってくれたのか。

神月はすべてを埋めたところでいったん止まり、それから優しく揺すりあげるように腰を使った。まるで性器の形を教え込むかのような動きに、声は勝手にあふれていく。

「ああ、あっ、あっ、入ってる……ッ。すごく、深く、入ってる……」

「つらいかな？　ごめんね、たまらなくなってしまったよ」

「大丈、夫……っ、はぁ、おれも、たまら、ない」

ぎっちりと食い込む性器でゆるゆると刺激されるのは、身体が蕩けてしまいそうになるほど気持ちがよかった。はあはあと荒い呼吸をくり返して、いきなりの衝撃に硬直していた身体からなんとか力を抜く。

「んぅ、ふ……っ、あぁ、神月さん、いま全部おれに、入ってる……っ、嬉しい。愛おし、い」

こみあげてきた思いをただそのまま、たどたどしく声に出した。なにを感じたのか、神月はそこで動きを止め、強く腰を押しつけて限界まで友馬に性器を押し入れた。

ぐいっと奥を抉られて、びくりと腰が揺れた。

「可愛いね。私も君が、愛おしい」

「はっ、あ、好き、好きです。あなたが、好き……っ」

「そうだ。私も好きだよ」

深い場所を性器の先端でぎちぎちに押し開いたまま、あえてなのか腰は使わず神月は友馬の身体を撫でた。太腿だったり汗ばむ背中や脇腹だったり、いまここを見ていますというようにてのひらで甘ったるく摩《さす》る。

彼の手にぴくぴくと身体が小さく反応した。同時に、のみ込んだ性器を無意識に締めつけ、その太さをリアルに感じて喉の奥で呻いてしまう。

しばらくはその優しい、焦れったい愛撫に身を任せていた。神月のてのひらが肌を這うたびに身体の中では熱が増していく。

もっと欲しい、もっと、あのときみたいにぐちゃぐちゃにしてほしい。膨れあがってくるそんな欲望を、結局は声にするまでに大して時間は経っていなかったと思う。

「神月、さん……っ、も、う、中、動かして……。前みた、いに、たくさん、突いて……っ」

神月はおそらく友馬がそう口に出すのを待っていたのだろう。背後に聞こえた、ふふ、という欲情をはらんだ笑い声は実に満足そうだった。

「ああ。ほんとうに可愛いな、たまらない。いいよ、たくさん突いてあげよう。君が求めたんだから、ちゃんと受け止めてくれよ」

「あっ、あ！　ああ！　駄目、待って！　や、あっ、駄目っ」

はじめから強く、激しく揺さぶられた。半ば叫ぶように駄目だとくり返しても、神月は聞いてくれなかった。というより余計に荒っぽく貫いてくる。

前回は様子を見るように、最初はゆっくりと高めてくれた男が今夜はこれなのか。

もう充分に熟れきっているから大丈夫だろうと判断したのか、単にそんな気分だったのか。あるいは言葉通り丁寧さも忘れるほどたまらない、抑えられないのか？　がつがつと貪られていてはそんなこともまともには考えられなかった。

性器が深く沈むたびに内側まで塗り込まれたジェルが、ずちゅ、ぬちゅ、と淫らな音を立てる。それに耳からも犯されて、どうにかなってしまいそうだった。両手で強く腰を掴まれている体勢では逃げたくても逃げられない。

中を擦りあげられる快感は、徐々にこみあげてくるというよりも、種がはぜるみたいに一瞬で身体中に広がった。必死で縋る枕に唇からだらしなく零れる唾液が染みていく。

「ふぅ、あ、ぁ……っ、そんな、にしないで……、すぐ、いくか、ら」

溶けた声で訴えたら、笑みを含んだ口調で返された。

「いいよ？　君の身体に私を覚え込ませてあげよう。いまの君はとても気持ちがよさそうだ、君にこんな快楽を与えられるのは私だけだ、そうだよね？」

「おれは、もう、とっくに、あなたしか、覚えてない……っ」

「いい子だ」

大きな振り幅で尻を穿っていた性器で、今度は奥をぐりぐりとあからさまに抉りあげられた。情けない声を上げたとは思うが自分の耳ではよくわからない。

「駄目ッ！　これ、駄目、感じすぎる……っ、がまんでき、ないッ」

すぐそこにまで近づいている予感に震え、高く喘いだ。それを聞き、神月は促す動きで腰を使いながら「がまんしなくていいよ」と囁いた。

この男はどこをどう刺激すれば自分が陥落するかなんて、よく知っているのだと思う。その通り、彼とセックスするまでは知らなかった場所を先端で何度も突かれて、頭の中が真っ白に弾けた。

「あぁッ、あ……ッ！　や、あ！　いって、る、こんなの……ッ、ああ」

身体をびくびくと痙攣《けいれん》させて、射精もできないまま極めた。経験のない愉悦は痛いくらいに鮮烈だった。

頭からつま先までぎゅっとひとつの点に濃縮されてしまう。自分が自分でなくなってしまう。

神月は深く挿し込んだ位置で少し待ってくれたが、背に苦笑のようなものを聞かせてすぐにまた腰を使いはじめた。

「私が駄目だな。がまんできない」

「ひ、ああ、や……ッ。も、動かな、いでっ」

きゅうきゅうと締まる中を、先ほどまでと同じように荒々しく掻き回された。放つこともかなわない快楽は肌の内側で暴れるばかりで、まったく収まってくれない。

骨も、関節も、ばらばらに壊れてしまいそうだった。それなのに意地汚い肉は神月の性器に食らいつき、勝手に快感を絞り取ろうと蠢《うごめ》いている。

自分はこうも強欲だったろうか、これは相手が神月だからか。がくがくと震えながらもうまともに働きはしない頭で必死に考える。

当たり前だ。愛するひととのセックスだから、身体も、意識も、燃えているのだ。愛しているからだ。

とはいえこんな行為をいつまでも続けられたら、ほんとうにおかしくなってしまう。

「無理……、いや、だ、無理だ……っ、は、うぁ、やめ、て……っ、止まらないッ」

喉を引きつらせながらなんとか言葉にした。それでも神月は貪欲に友馬を貪り続けた。聞こえた声は優しかったが、そこには隠しきれない獰猛さが潜んでいる。

「何度でもいけばいいよ。君の肌、真っ赤になってとても美しい」

「見ない、で……っ！　おれ、いま、みっともない、からっ。見るな……っ」

「見るよ？　ほら、ここも健気に私を咥《くわ》えて真っ赤だね」

結合する部分をぬるりと指先で辿られて、派手にびくっと身体が跳ねた。

目一杯広がって性器をのみ込んでいるそんな場所まで見られている。ぐちゃぐちゃに濡れてひくひくと欲しがるはしたない場所を、神月が見ている。

そう思ったら、興奮だか羞恥だかわからない熱が一瞬で弾けた。再度、解放もできない快楽の波に襲われて身体が硬直する。

「は……ッ、あ……ッ！　う、あぁ……ッ、おれ、いや、だ。あ……！」

「ああ。君、またいっているね。中がびくびくして気持ちがいい。さあ、もっと味わって、もっと」

「んぅ、もう、変になる……、壊れる。駄目、駄目……ッ」

「まだ平気だよ」

友馬がどのような状態にあるか神月にわからないはずがないだろう。それでも彼は動きを緩めなかった。ずるずると出し入れし、かと思えば奥ばかりを狙いすましたように抉りあげ、呼応する友馬の悲鳴を聞いている。

この男は自分をどこまで追い詰めるつもりだ、この男は今度はなにを自分に教え込む気だ。ぐつぐつと煮え立つ意識で考える。

彼が自分に味わわせたいものが愛ゆえの、限界での恍惚《こうこつ》であるのなら、抗うすべなんてない。

それからも、何度も何度も極めさせられた。五回？　六回？　もっと？　数える余裕もなかったのでよくわからない。射精を伴わない絶頂には終わりがなく、それが怖いくらいだった。きつく瞑った瞼から涙が零れて唾液と一緒に枕を濡らしていく。

ただ身を任せておいたら神月は自分が気を失うまで続けるのではないか。そう思わせるくらいに彼の律動には容赦がなかった。

わめいて、叫んで、もう声もまともには出なくなったころに、ひくひくと泣きながら言った。

「ほんと、うに……、もう、駄目……っ。も、無理っ。こうづ、きさんも、いって……。おれ、で、いって……ッ」

　それまでいっさいの手加減を見せなかった神月は、さすがに友馬が可哀想《かわいそう》になったのかそこで動きを緩めた。くすくすと笑う声に感じたのはいかにも彼らしい余裕だったが、愛情でもありまた本能じみた征服欲でもあった。

「そんなふうに泣かれてしまったら、しかたがないな。そろそろ許してあげようか。いいよ、出しなさい」

「ああ……っ、あ、あっ、出る」

　背後から伸びてきた神月の手に性器を擦られて、散々ため込んでいた欲はあっさりとそのてのひらへ散った。身体の中に渦巻いていた愉悦がようやく解放される感覚に、思わず細い吐息を洩らす。

「よいにおいだ」

　神月は前回と同じようなことを言ってから、精液で濡れた手で友馬の腰を掴み直した。これ以上は友馬を追い立てるつもりもないのか、じっくりとした、自身の快楽を引き出す動きでひくつく内側を擦る。

　しばらくしてから彼が囁くように言った言葉に、何度も頷いた。

「ああ、そろそろ私もいけそうだ。いっていいかな？　今夜はどこに出してほしい？」

「いって……っ、中で、いって。中に、出して……っ」

「君はいい子だね。たっぷり出してあげるよ、上手にのみ込んでくれ」

最後に少しばかり荒く友馬を突き、神月は奥深くで射精した。どくどくと注ぎ込まれる感覚に震え、同時にもう一度小さく極めたような気もするが、もうなんだかよくわからなかった。

神月は緩く腰を使って精液をすべて中に吐き出してしまってから、ぬるりと性器を抜いた。長い時間抉られ続け開いた場所から太腿に、神月の放った快楽の証がのろのろと垂れていくのが感触でわかる。

ふふ、とやわらかく笑う声が聞こえてきた。

「お行儀が悪いね。零してては駄目だよ」

肌を伝う生ぬるい体液を指先でなぞりながら、からかうように神月が言った。まだ息も整わないままなんとか答える。

「あなた、が、たくさん出す、から……っ」

「私はね。そういういやらしいことを無自覚に言ってしまえる男は好きだよ」

もう一度、ちゅ、と音を立てて腰にキスされ顔がやたらと熱くなった。いやらしいことなんて言ったつもりはないのだが、言ったのだろうか。そう思ったらますます頬が火照ってくる。

「……だって」

「可愛い。さあ、たくさん出してしまったから掻き出してあげようか」

まだはしたなく口を開いている尻に、ゆっくりと二本の指を挿し込まれた。引っ掻くように動く指先に声が出そうになり、唇を噛んで耐える。

それでもかたかたと身体は震えてしまった。射精させてもらったはずなのに、性器もまたじわりと反応してくる。

自分のあさましさにいたたまれなくなった。もう駄目もう無理とあれだけ騒いだのに、神月の指が入っている、そう思うだけでこんなに興奮してしまう。

神月は友馬の変化には気づかないふりをして、わざとらしいほど丁寧に指を使い後始末をした。それから、息を詰めて快感をやりすごそうとしている友馬へいたずらっぽく声をかける。

「君、また勃ってしまったね？　まだ私としたいのかな？」

唇を開きはしたがはあはあと呼吸が乱れて、しばらくは言葉を返せなかった。そのあいだに懸命に考える。

どう答えればいい。なにを言えばこの感情が伝わる？　馬鹿みたいにあふれ返って制御できない愛と欲を、この男に知ってほしい。ならば、どのように誘えばいいか。

跳ねる息がいくらか落ち着いたころに、自由には動かない身体でのろのろと仰向《あおむ》けになった。重たい腕を上げて、返答を待っているらしい神月に手を伸ばす。

ねだる声は、自分でたじろぐくらいにひどく淫らに濡れていた。

「まだ、したい……。今度は、あなたの、顔を見て、したい。抱きしめ、あいたい」

神月は友馬の言葉に珍しく、はは、と声を上げて笑った。

片手で髪を掻きあげもう片方の手をシーツについて友馬に覆いかぶさり、優しくなまめかしく微笑む。

「素晴らしい。では、顔を見ながらしようか。快楽で歪んで、涙と唾液でべたべたに汚れて、そういう君の顔を見てもいいんだよね」

「見て、ください。おれもあなたが、いくときの顔、見るから……恋人、だから」

「いいね。ならば決して目を閉じては駄目だよ」

短く息を喘がせてから頷いて、緑色の瞳を真っ直ぐに見つめた。神月はうっとりと目を細め唇に唇を重ねてきた。

そういえば今夜は、はじめてベッドでこうしてキスをする。もう一度セックスに溺れる合図だ。すぐに舌を差し出したら神月は甘く噛んでくれた。そのまま吸われ、唾液を啜られても瞼は下ろさなかった。

視線を絡めあわせたまま濃厚なキスを味わう。ぴちゃぴちゃと鳴るくちづけの音に、一度は散ったはずの熱がまたじわじわとたまりはじめる。

画家は見るいきものだと神月は言った。ならば、自分だって見たい。そう思った。

この男はまだ自分の知らない顔を美貌の裏に隠しているのだろう。それを全部、今夜、見てやる。

くたくたになるまで交わって、眠りについたときにはもう朝になっていたと思う。

神月の話し声でふと目が覚めた。ゆるゆると瞼を上げたら、淡い照明の中、カーテンの隙間から射し込む昼の陽が見えた。

神月は裸でベッドに上半身だけを起こし、携帯電話で誰かと喋っているようだった。仕事の連絡だろうか。重い身体で寝そべったまま、まだぼんやりとしている意識でなんとなく聞き流す。

しかし、神月が口に出した次の言葉で、ぱっと完全に目が開いた。

「伊万里くんは私のところで引き受けます。ですから、堺先生はもう彼を手放してください」

通話の相手は、堺なのか。

彼の発言の内容は寝起きの頭でもすぐに理解できた。この男は自分を堺から離し、あとの面倒は見ると言っているのだ。そう思ったら一瞬で覚醒した。

慌ててがばっと身を起こして、驚いたような顔をしている神月の左手から携帯電話をひったくった。こんな男を相手にあまりにも不躾な態度なのだろうが、焦っていたものだから咄嗟の謝罪も出てこない。

「堺先生。伊万里です」

数時間前まで散々騒いでいたせいか、声は少し掠れていた。それでも気にする余裕はなかった。ばくばくと胸を高鳴らせ、返答のない携帯電話へ必死に話しかける。

「先生、すみません。おれはあなたのところでは、描きたい絵が描けません。愛が、描けません。だから、帰りません。いままでありがとうございました。ほんとうに、ありがとうございました」

回線の向こうはしばらく無言だった。次になにを言えばいいのだろう、それともなにも言わないほうがいいのか。はらはらしながら待っていたら、長い沈黙のあとに静かな声が聞こえてきた。

いい絵を描きなさい、友馬。

それだけを言い残して通話は向こうから切れた。引き止められるか責められるのかと身構えていたのに、堺の返事はたったのひとことだった。

のろのろと腕を下ろしほとんど呆然としていると、神月に携帯電話をひょいと取りあげられた。

「堺先生は君になんと言ったのかな」

穏やかな声で問われ、細く答えた。

「いい絵を、描きなさいと」

神月は携帯電話を枕元に置き、「そうか」と言った。それから友馬に目を向けて、優しくこう続けた。

「堺先生は商売ではやり手だが、自分の感情を表現することに関しては不器用なんだろう。彼は彼なりに、君のことが好きだったんだと思うよ。好きでもない人間に絵を教える画家は、いないよね」

思わずじっと神月を見つめ返してしまい、ひとつ吐息を洩らしてうつむいた。

そうなのか。確かに堺から虐げられたこともなければ無理やり行為を強いられたわけでもない。自分がただ逆らってはならないと思い込んでいただけなのかもしれない。陰鬱な苦悩をもたらしたたくさんの夜は、堺にとっては好意によるものだったのか？

　確かなところは本人にしか知れないが、ふとこころが軽くなり、またなんだか切なくなった。

　神月は友馬の心中を察しはしただろう。しかし、特になにを言うこともなくあっさりとベッドから下りた。目を上げて映った美しい裸体にまず見蕩れ、白い背に残る引っ掻き傷を見てぞくりとする。

　あれは間違いなく自分のせいだ。こんなに綺麗な男に傷をつけるなんて冒瀆《ぼうとく》であるような気がした。

「すみません、無意識で」

　情けない声で言ったら、神月が振り向いて不思議そうな顔をした。

「どうしたのかな？」

「おれ。あの、昨日あなたの背中を引っ掻いたみたいで、傷が。ごめんなさい」

　神月は、ああ、と呟いてから、実に楽しそうににこりと笑った。ソファに投げてあった服を身につけながら、いたずらな口調で返す。

「構わないよ？　君が眠っているあいだに、私も仕返しをしておいた。疲れていたんだろうね、君、まったく起きなかったよ。おかげで、なんだかいけないことをしているような気分になったね」

　仕返し、という言葉の意味がわからずにきょとんとした。それからはっと自分の身体を見下ろし、途端に顔が熱くなった。くちづけのあとがあちこちに残っている。こんなにたくさんキスマークをつけられていながら目を覚まさなかったなんて、どれだけ自分は鈍感なんだと呆れた。

　その友馬の様子がおかしかったらしい。神月はくすくすと笑って軽やかに言った。

「さあ、君も服を着なさい？　伊万里くん。いつまでもそんな格好で、そんな真っ赤な顔をしていると、襲うよ」

神月の冗談に慌ててベッドから下り、急いで服を着た。とはいえ朝までセックスに耽っていたせいかぎしぎし身体が軋んで巧く動かない。その危なっかしい姿を神月に笑われ、それにますます頬が火照った。

今日のこの男はどうしたのだ。妙に陽気ではないか。もともとがひとあたりのよい男ではあるにせよ、ここまであっけらかんと砕けた態度なんて見せていたか。

神月はいま自分の前で、完全に素なのかもしれない。自分の前だからこそ素なのかもしれない。そんなことを考えたら、嬉しさと照れくささで全身が痒《かゆ》くなるようだった。

きちんと服を整えてから、ふたりでリビングルームへ行った。昨夜はすぐにベッドルームへ連れ込まれたからわからなかったが、このえらく広い客室にはいくつも部屋があるらしい。ホテルというよりはマンションだなと思った。

向かいあうソファのあいだにはローテーブルがあり、チョコレートが盛りつけられた皿が置いてあった。深夜に訪れたというのにウェルカムサービスを用意していてくれたようだ。涼やかなグラスに入っているドリンクは、ほったらかしにしていたからとうに氷も溶けている。

「どこかへ食事に行こうか。それともルームサービスにしたほうがいいかな、ここの料理は結構おいしいよ。おなかすいた？」

ルームサービスのほうがいいか、という問いは、リビングの入り口でみっともなくつまずいた自分を気づかったのだろう。

腹に手を置き考えてから、首を横に振って答えた。

「いえ。腹は減ってないです。まだ、夢の中にいるみたいで」

「夢の中、か。そういうときは、あなたに夢中で食事も喉を通りませんと言えばいいよ」

面白がっているような表情でからかわれ、恥ずかしさでくらくらした。確かに神月はいま完全に素だ。そんな顔を見せつけられたらいよいよはまってしまうと思った。

神月はひとしきり友馬で遊んで満足したらしい。片方のソファに座って絵になる仕草で足を組み、友馬が向かいに腰かけるのを待ってさっぱりとした口調で言った。

「さて、住む家がなくなってしまった。後処理をしたら早々に他の屋敷を探すから、君は少しのあいだこのホテルで寝起きしていてくれるかな。私のところはうんざりするほど土地も家も持っているから、あまり待たせずにすむと思うよ」

「……待つ」

そのひとことにどきりとした。つまりそれは、待っていれば神月の元へ呼んでくれるという意味なのだろうか。

友馬の表情に戸惑いと淡い期待を読み取ったのか、神月はにこりと笑って言った。

「もちろん、君はこの先私と暮らすんだろう？　同じ家で生活するんだろう？　恋人だからね。私は君と離れて生きるのはいやだよ」

　思わずまじまじと神月の美貌を見つめてしまい、慌てて何度も頷いた。

「はい。はい、お願いします。一緒にいたいです。あなたのそばに、いたいです」

　神月は満足そうに目を細めた。ぞくぞくとこみあげてくる熱い感情は、よろこびなのだろう。

　これからはこの男と愛の中で優しく穏やかに生きていけるのか。いつでも一緒に、そばにいられるのか。そんなことを考えたらたまらない幸福感に襲われて、なんだか泣きたくなった。

　神月は、ふふ、と笑い、テーブルに置かれた皿から小さなチョコレートをひとつ摘みあげた。そういえば彼が甘いものを食べている姿は見たことがない。一応は食べるのか、と思っていたら、テーブル越しに指先のチョコレートをまったく自然に口元へ差し出されてびっくりした。

　少し迷ってから、おそるおそる唇で受け取った。あまりに甘ったるいやりとりに、また顔が熱くなるのを感じた。こんなものは愛を伝える行為でしかないだろう。

　これでは恋人みたいだ。そうではない、もう恋人だ。それでも恥ずかしいものは恥ずかしい。

　口の中で蕩けるチョコレートは、神月の浮かべる微笑みのように甘かった。

「まずは屋敷を見つけて、そうしたらまた近藤くんに家事を頼もうか。彼はよく動くし、家にいてくれると空気が明るくなるからね」

　神月の言葉に、ちょっとした嬉しさを感じた。近藤と一緒に食事を作るのは、楽しい。またあの生活が戻ってくるのかと思ったらこころが浮き立った。

「あなたは、近藤さんがお気に入りなんですね」

特に他意もなく言ったら、神月に意外だというような顔をされた。

「それはそうだろう。気に入っていない人間と同じ家で暮らすことなどできないよ。違うかな？」

彼の返答はなかなかに快いものだと思った。いくらか悩んでから、そろそろと「誠也さんのことも気に入っていましたか」と訊ねる。

神月はまた意外そうな表情をして、それから少しの間を置いたあと同じ言葉をくり返した。

「気に入っていない人間と同じ家で暮らすことなど、できないよ」

そうですよねとも、そうなんですかとも返せずにただ頷いた。あいだにあったものがなんであれ、彼らは何年も同じ邸宅で生活をしていたのだ。その時間に芽生えた感情は、あるいはどこか優しいものだったのかもしれない。

「誠也さんはこれからどうなるんでしょうか」

ついうつむいてぼそぼそと呟いたら、神月は迷いも困りもせずに言った。

「腕のよい弁護士をつけよう。説明できない事情もあるから、すぐにどうこうしてあげるのは難しいかもしれない。だが、都地が余命いくばくもない状態にあったことも、誠也くんがその命を無理やり引き延ばす行為に苦しみを感じていたことも、事実だよ」

「……また一緒に、暮らしたいですか」

小声での問いに答える神月の声は、穏やかだった。

「彼のために部屋をひとつ用意しておこう。誠也くんはあの村のひとびとにとって大事なお医者様だからね」

思わずほっと安堵の吐息を零した。ならば神月はいま、誠也が取った行動を怒ってはいないのか。都地を失った男は、それでも自身を檻から解放してくれようとした誠也に、なにかしらのあたたかい思いを抱いているのかもしれないと思う。

当然感謝ではないだろう。おそらくは憐憫《れんびん》でもない、愛情とも呼べない。ただ、憎しみとは反対の方向を示す感情だ。

『まこと』を描いた神月は、元来が愛にあふれる優しい男なのだから。

「新しい家には、君のためのアトリエを作ろう」

唐突な言葉に落としていた視線をはっと上げたら、神月と真っ直ぐに目が合った。彼は綺麗な瞳をきらめかせ華やかに笑っていた。

「君は私のそばで、愛ある絵をたくさん描けばいい。いまの君ならより素晴らしい絵が描けるよ。そしてその作品を私の画廊に飾ろう。私はね、『あおい』を見たときからずっとそれを望んでいるんだよ」

「……新しいアトリエで、はじめに、もう一度『あおい』を描きます」

目に意思を込めてじっと神月を見つめた。巧いセリフなんて知らないが、胸に宿る思いが彼に違わず伝わればいいと祈る。

「約束をしました。燃えてしまった絵より、もっと愛にあふれた『あおい』を描きます。あなたに愛が、全部、届くように」

「いいね、素敵だ。楽しみにしているよ」

嬉しそうに微笑む神月を改めて美しいと思った。彼を知れば知るほどに惹かれていく。彼を知れば知るほど、その鮮やかな笑みに胸を打たれる。はじめて小さな展示室で出会ったときよりも、いま目に映る神月ははるかに眩しく綺麗だった。

「あなたは今後、どうするんですか」

訊いていいのかいけないのかを考え、恋人なのだから遠慮なんているものかと自分に言い聞かせて問うた。神月は笑みを深めて穏やかに答えた。

「もちろん画商の仕事を続けるよ？　君という専属画家も増えたことだしね。愛する画家のために私も尽力しなければ」

彼の言葉に身体中がくすぐったくなって困った。責任を持つ、だから浮気をするな、専属画家について彼がそんなことを語ったのはいつだったろう。

さすがにしばらく躊躇してから、テーブルの上のチョコレートをひとつ摘んだ。先ほどの神月を真似ておそるおそる差し出す。

彼はまずびっくりしたように幾度か目を瞬かせた。それからくすりと笑って、友馬の指先から素直にチョコレートを食べてくれた。

ぞくぞくしてしまう。これが自分にとっては愛情を交換する行為であると、神月はわかっているのだろうか。

わかっているに決まっている。この男はいつだって自分の気持ちなどお見通しなのだ。

「絵は描かないんですか」

神月がチョコレートを食べている隙に、早口で訊いた。描いてほしい、しかしそんなことを願うのは彼にとって酷かもしれない。そう思ったせいか口に出した声は意識したより小さかった。

僅かなあいだ神月は黙っていた。単にチョコレートを味わっていたのか返答を考えていたのかはわからない。それからふと笑い、はっきりとした口調で彼はこう言った。

「そうだね。私も、私の絵を描こうかな。私の手はいま私の手で、私の目はいま私の目だ。私はきっとこころのどこかでずっと、都地が言ったように自分の絵が描きたかったのかもしれないね。自分の人生を、生きたかったんだろう」

「……楽しみです。あなたの絵が見たいです」

緑色の瞳を真っ直ぐに見つめて言った。こみあげるよろこびで声が微かに震えてしまう。格好が悪い。だが、もう散々みっともない姿は見せてきたのだから、いまさら恥ずかしいなんて思わなくてもいいだろう。

神月はそこでプラチナブロンドをさらりと搔きあげた。彼と出会った個展で、丘の上の邸宅でも何度も見た仕草だった。

「ならば、私もまずはじめに愛するひとを描かなければいけないな。私が私として最初に描く絵のタイトルは、『友馬』だ」

友馬、そう言った彼の声にどきりとした。フルネームで呼ばれたことは何度かあったが、神月にファーストネームで呼ばれたことはない。

絵のタイトルだ。自分が神月を描いた絵に『あおい』と名をつけたように、彼はただ絵のタイトルを決めたのだ、それだけだ。わかっているのに勝手に胸は高鳴ったし、なにより自分を愛するひとだと告げてくれたことが、そして描くと言ってくれたことが嬉しい。

ひとり頰を火照らせていると、不意に伸びてきた神月の手に、テーブル越しに髪を撫でられた。再びどきりとして、それから同じように手を伸ばしやわらかな神月の髪をそっと撫でた。

この行為も、そうだ、ふたりにとっては愛情を交換し確認するものだ。

指先で、見つめる眼差しで思いを伝えあう。どうかこうしていつまでも彼の愛に包まれていられますようにと無言のままで祈った。

そして、あふれる愛で彼を包んであげられますように。

あとがき

こんにちは。真式《ましき》マキです。

拙作をお手に取っていただき、ありがとうございます。

今回は、一枚の絵を巡るミステリアスな物語を（目指して）書きました。愛情にもたくさんの形があるよねというお話でもあります。

純粋であったり執着に近かったり、囚《とら》われたり歪《ゆが》んだり重すぎたり、「愛」という言葉は複雑な意味を持つのだなあと思っています。なので、こんな愛もあるよそんな愛もあるよと一冊の中で書くにはどうすればいいのかしらと考えたら、こうなりました。

などと下手くそに説明をしてみましたが、正直なところを申し述べますと、まずはじめにあったのは「次はこういう攻めが書きたい！」「謎めいたお話が書きたい！」です。

そして、「お読みくださるかたに後半で、ああそうか、と呟《つぶや》いていただきたい！」です。

あとがきから先に目を通していただく場合もあるかと思いますので、内容については詳しく触れられませんが、最後に「ああそうか」と呟いてくださるかたがいらっしゃればとても嬉《うれ》しいです。

あとがき

小山田《おやまだ》あみ先生、素晴らしいイラストをありがとうございました！　表紙も挿絵もスタイリッシュで美しく、拝見したときには興奮のあまり思わず呼吸を忘れました……。お先生の手でキャラクターたちに姿を与えていただけたことに、ただただ感動です！　お忙しい中、ほんとうにありがとうございました。

また、担当編集様、いつもご指導をありがとうございます。ご迷惑をかけてばかりですが、今後ともどうぞよろしくお願いいたします。

最後に、ここまでお読みくださいました皆様、ありがとうございました。よろしければ、ご意見、ご感想などお聞かせいただけますとさいわいです。

それでは失礼いたします。
またお目にかかれますように。

真式マキ

月神の愛でる花
〜言ノ葉の旋律〜

つきがみのめでるはな〜ことのはのしらべ〜

朝霞月子
イラスト：千川夏味

本体価格870円+税

日本に暮らしていた平凡な高校生・日下佐保は、ある日突然、異世界サークィンにトリップしてしまい、そこで出会った若き孤高の皇帝・レグレシティスと結ばれ、夫婦となった。
優しく頼りがいのある臣下たちに支えられながら、なんとか一人前の皇妃になりたいと考えていた佐保。そんな中、社交界にデビューする前の子供たちのための予行会に、佐保も出席することに。心配ない場だとは分かっているものの、レグレシティスは佐保のことを案じているようで——？

リンクスロマンス大好評発売中

極上の恋を一匙

ごくじょうのこいをひとさじ

宮本れん
イラスト：小椋ムク

本体価格870円+税

箱根にあるオーベルジュでシェフをしている伊吹周は、人々の心に残る料理を作りたいと、日々真摯に料理と向き合っていた。腕も人柄も信頼できる仲間に囲まれ、やりがいを持って働く周だったが、ある日突然、店が買収されたと知らされる。新オーナーは、若くして手広く事業を営む資産家・成宮雅人。視察に訪れて早々、店の方針に次々と口を出す雅人に、周は激しく反発する。しばらく滞在することになった雅人との間には、ぎこちない空気が流れていたのだが、共に過ごすうち、雅人の仕事に対する熱意や、不器用な優しさに気付き始めた周は次第に心を開くようになり——……。

LYNX ROMANCE

小説原稿募集

リンクスロマンスではオリジナル作品の原稿を随時募集いたします。

募集作品

リンクスロマンスの読者を対象にした商業誌未発表のオリジナル作品。
（商業誌未発表のオリジナル作品であれば、同人誌・サイト発表作も受付可）

募集要項

＜応募資格＞

年齢・性別・プロ・アマ問いません。

＜原稿枚数＞

４５文字 ×１７行（１枚）の縦書き原稿、２００枚以上２４０枚以内。
※印刷形式は自由。ただしＡ４用紙を使用のこと。
※手書き、感熱紙不可。
※原稿には必ずノンブル（通し番号）を入れてください。

＜応募上の注意＞

◆原稿の１枚目には、作品のタイトル、ペンネーム、住所、氏名、年齢、電話番号、メールアドレス、投稿（掲載）歴を添付してください。
◆２枚目には、作品のあらすじ（４００字～８００字程度）を添付してください。
◆未完の作品（続きものなど）、他誌との二重投稿作品は受付不可です。
◆原稿は返却いたしませんので、必要な方はコピー等の控えをお取りください。
◆１作品につき、ひとつの封筒でご応募ください。

＜採用のお知らせ＞

◆採用の場合のみ、原稿到着後６カ月以内に編集部よりご連絡いたします。
◆優れた作品は、リンクスロマンスより発行させていただきます。
原稿料は、当社既定の印税でのお支払いになります。
◆選考に関するお電話やメールでのお問い合わせはご遠慮ください。

宛　先

〒151-0051
東京都渋谷区千駄ヶ谷４−９−７
株式会社　幻冬舎コミックス
「リンクスロマンス　小説原稿募集」係

LYNX ROMANCE イラストレーター募集

リンクスロマンスでは、イラストレーターを随時募集いたします。

リンクスロマンスから任意の作品を選び、作品に合わせた
模写ではないオリジナルのイラスト(下記各1点以上)を描いてご応募ください。
モノクロイラストは、新書の挿絵箇所以外でも構いませんので、
好きなシーンを選んで描いてください。

1 表紙用 カラーイラスト

2 モノクロイラスト (人物全身・背景の入ったもの)

3 モノクロイラスト (人物アップ)

4 モノクロイラスト (キス・Hシーン)

募集要項

＜応募資格＞

年齢・性別・プロ・アマ問いません。

＜原稿のサイズおよび形式＞

◆Ａ４またはＢ４サイズの市販の原稿用紙を使用してください。
◆データ原稿の場合は、Photoshop（Ver.5.0 以降）形式でＣＤ－Ｒに保存し、出力見本をつけてご応募ください。

＜応募上の注意＞

◆応募イラストの元としたリンクスロマンスのタイトル、あなたの住所、氏名、ペンネーム、年齢、電話番号、メールアドレス、投稿歴、受賞歴を記載した紙を添付してください（書式自由）。
◆作品返却を希望する場合は、応募封筒の表に「返却希望」と明記し、返却希望先の住所・氏名を記入して返送分の切手を貼った返信用封筒を同封してください。

＜採用のお知らせ＞

◆採用の場合のみ、６カ月以内に編集部よりご連絡いたします。
◆選考に関するお電話やメールでのお問い合わせはご遠慮ください。

宛先

〒151-0051 東京都渋谷区千駄ヶ谷 4－9－7
株式会社　幻冬舎コミックス
「リンクスロマンス　イラストレーター募集」係

この本を読んでのご意見・ご感想をお寄せ下さい。

〒151-0051
東京都渋谷区千駄ヶ谷4-9-7
(株)幻冬舎コミックス　リンクス編集部
「真式《ましき》マキ先生」係／「小山田《おやまだ》あみ先生」係

リンクス ロマンス

共鳴

2017年12月31日　第1刷発行

著者……………真式《ましき》マキ
発行人…………石原正康
発行元…………株式会社　幻冬舎コミックス
〒151-0051　東京都渋谷区千駄ヶ谷4-9-7
TEL 03-5411-6431（編集）
発売元…………株式会社　幻冬舎
〒151-0051　東京都渋谷区千駄ヶ谷4-9-7
TEL 03-5411-6222（営業）
振替00120-8-767643
印刷・製本所…株式会社　光邦
検印廃止

ISBN978-4-344-84110-9 C0293
Printed in Japan

幻冬舎コミックスホームページ　http://www.gentosha-comics.net